MAIGRET SE FÂCHE

SUIVI DE

LA PIPE DE MAIGRET

Dans la même collection

A paraître

GEORGES SIMENON

MAIGRET
SE FÂCHE

SUIVI DE

LA PIPE
DE MAIGRET

U.G.E. POCHE
PRESSES DE LA CITE

© Georges Simenon, 1947.

ISBN 2-265-05443-7

1

LA VIEILLE DAME DANS LE JARDIN

MADAME MAIGRET, QUI écossait des petits pois dans une ombre chaude où le bleu de son tablier et le vert des cosses mettaient des taches somptueuses, Mme Maigret, dont les mains n'étaient jamais inactives, fût-ce à deux heures de l'après-midi par la plus chaude journée d'un mois d'août accablant, Mme Maigret, qui surveillait son mari comme un poupon, s'inquiéta :

— Je parie que tu vas déjà te lever...

Pourtant le fauteuil transatlantique dans lequel Maigret était étendu n'avait pas craqué. L'ancien commissaire de la P.J. n'avait pas poussé le plus léger soupir.

Sans doute, avec l'habitude qu'elle avait de lui, avait-elle vu passer un frémissement imperceptible sur son visage laqué de sueur. Car c'était vrai qu'il était sur le point de se lever. Mais, par une sorte de respect humain, il s'obligea à rester étendu.

C'était le deuxième été qu'ils passaient dans leur maison de Meung-sur-Loire depuis qu'il avait pris sa retraite. Il n'y avait pas un quart d'heure qu'avec satisfaction il s'était étendu dans le confortable fauteuil hamac et sa pipe fumait doucement. L'air, autour de lui, était d'une fraîcheur d'autant plus appréciable qu'à deux mètres à peine, passé la frontière d'ombre et de soleil, c'était la fournaise bruissante de mouches.

A un rythme régulier, les petits pois tombaient dans la bassine émaillée. Mme Maigret, les genoux écartés, en avait plein son tablier, et il y en avait deux grands paniers, cueillis du matin, pour la conserve.

Ce que Maigret appréciait le plus dans sa maison, c'était cet endroit où ils se trouvaient, un endroit qui n'avait pas de nom, une sorte de cour entre la cuisine et le jardin, mais une cour en partie couverte, qu'on avait meublée peu à peu, au point d'y installer un fourneau, un buffet, et d'y prendre la plupart des repas. Cela tenait un peu du patio espagnol et il y avait par terre des carreaux rouges qui donnaient à l'ombre une qualité toute spéciale.

Maigret tint bon cinq minutes, peut-être un peu plus, regardant à travers ses paupières mi-closes le potager qui semblait fumer sous un soleil écrasant. Puis, rejetant tout respect humain, il se leva.

— Qu'est-ce que tu vas encore faire ?

Il avait facilement l'air, comme ça, dans l'intimité conjugale, d'un enfant boudeur qu'on a pris en faute.

— Je suis sûr que les aubergines sont encore couvertes de doryphores, grommela-t-il. Et cela, à cause de *tes* salades...

Il y avait un mois que durait cette petite guerre des salades. Comme il y avait de la place libre entre les pieds d'aubergine, Mme Maigret, un soir, y avait repiqué des salades.

— C'est toujours autant de place de gagnée, avait-elle remarqué.

Au moment même, il n'avait pas protesté, parce qu'il n'avait pas pensé que les doryphores sont encore plus gourmands de feuilles d'aubergine que de pommes de terre. A cause des salades, il était impossible, à présent, de les traiter à la bouillie d'arsenic.

Et Maigret, dix fois par jour, comme il le faisait en ce moment, coiffé de son immense chapeau de paille, allait se pencher sur les feuilles d'un vert pâle qu'il retournait délicatement pour y cueillir les petite bêtes rayées. Il les gardait dans sa main gauche jusqu'à ce que celle-ci fût pleine et il venait, l'air grognon, les jeter dans le feu avec un regard de défi à sa femme.

— Si tu n'avais pas repiqué de salades...

La vérité, c'est que, depuis qu'il était à la retraite, elle ne l'avait pas vu rester une heure entière dans son fameux fauteuil qu'il avait triomphalement rapporté du Bazar de l'Hôtel-de-Ville en jurant d'y faire des siestes mémorables.

Il était là, en plein soleil, les pieds nus dans des sabots de bois, un pantalon en toile bleue qui glissait le long de ses hanches et lui faisait comme un arrière-train d'éléphant, une chemise de paysan, à petits dessins compliqués, ouverte sur son torse velu.

Il entendit le bruit du heurtoir qui se répercutait dans les pièces vides et ombreuses de la maison comme une cloche dans un couvent. Quelqu'un frappait à la grande porte, et Mme Maigret, comme toujours quand il y avait une visite imprévue, commençait par s'affoler. Elle le regardait de loin comme pour lui demander conseil.

Puis elle soulevait son tablier, qui formait une grosse poche, se demandait où déverser ses petits pois, dénouait enfin les cordons du tablier, car jamais elle ne serait allée ouvrir en négligé.

Le heurtoir retombait à nouveau, deux fois, trois fois, impérieux, rageur, eût-on dit. Il sembla à Maigret qu'à travers le frémissement de l'air il percevait le léger ronronnement d'un moteur d'auto. Il continuait à se pencher sur les aubergines, cependant

7

que sa femme arrangeait ses cheveux gris devant un bout de miroir.

Elle avait à peine eu le temps de disparaître dans l'ombre de la maison qu'une petite porte s'ouvrait dans le mur du jardin, la petite porte verte, donnant sur la ruelle, par laquelle n'entraient que les familiers. Une vieille dame en deuil se dressait dans l'encadrement, si raide, si sévère, si cocasse en même temps, qu'il devait longtemps se souvenir de cette vision.

Elle ne restait qu'un instant immobile, après quoi, d'un pas décidé, alerte, qui ne s'harmonisait pas avec son grand âge, elle marchait droit à Maigret.

— Dites-moi, domestique... Ce n'est pas la peine de prétendre que votre maître n'est pas ici... Je me suis déjà renseignée.

Elle était grande et maigre, avec un visage tout plissé où la sueur avait délayé une épaisse couche de poudre. Ce qu'il y avait de plus frappant, c'étaient deux yeux d'un noir intense, d'une vie extraordinaire.

— Allez tout de suite lui dire que Bernadette Amorelle a fait cent kilomètres pour lui parler...

Certes, elle n'avait pas eu la patience d'attendre devant la porte fermée. On ne la lui faisait pas, à elle ! Comme elle le disait, elle s'était renseignée chez les voisins et ne s'était pas laissé impressionner par les volets clos de la maison.

Est-ce qu'on lui avait indiqué la petite porte du jardin ? Ce n'était pas nécessaire. Elle était de taille à la trouver toute seule. Et maintenant elle marchait vers le cour ombragée où Mme Maigret venait de reparaître.

— Voulez-vous aller dire au commissaire Maigret...

Mme Maigret ne comprenait pas. Son mari suivait à pas lourds, une petite lueur amusée dans le regard. C'était lui qui disait :

— Si vous voulez vous donner la peine d'entrer...

— Il fait la sieste, je parie. Est-ce qu'il est toujours aussi gros ?

— Vous le connaissez bien ?

— Qu'est-ce que cela peut vous faire ? Allez lui annoncer Bernadette Amorelle et ne vous occupez pas du reste...

Elle se ravisa, fouilla dans son sac à main d'un ancien modèle, un réticule en velours noir, à fermoir d'argent, comme on en vendait vers 1900.

— Tenez... dit-elle en tendant une petite coupure.

— Excusez-moi de ne pouvoir accepter, madame Amorelle, mais je suis l'ex-commissaire Maigret...

Alors elle eut un mot magnifique, qui devait rester une tradition dans la maison. Le regardant des sabots aux cheveux en désordre — car il avait retiré son vaste chapeau de paille — elle laissa tomber :

— Si vous voulez...

Pauvre Mme Maigret ! Elle avait beau adresser des signes à son mari, il ne s'en apercevait pas. Ses gestes, qui se voulaient discrets, signifiaient :

« Conduis-la donc dans le salon... Est-ce qu'on reçoit les gens dans une cour qui sert de cuisine et de tout ?... »

Mais Mme Amorelle s'était installée dans un petit fauteuil de rotin et s'y trouvait fort bien. Ce fut elle qui, remarquant l'agitation de Mme Maigret, lui lança avec impatience :

— Mais laissez donc le commissaire tranquille...

Pour un peu, elle eût prié Mme Maigret de s'en aller, et c'est d'ailleurs ce que fit celle-ci, car elle n'osait pas continuer son travail en présence de la visiteuse et elle ne savait où se mettre.

— Vous connaissez mon nom, n'est-ce pas, commissaire ?

— Amorelle des carrières de sable et des remorqueurs ?

— Amorelle et Campois, oui...

Il avait fait une enquête, jadis, dans la Haute Seine, et il avait vu passer à longueur de journée des trains de bateaux portant le triangle vert de la maison Amorelle et Campois. Dans l'île Saint-Louis, il lui arrivait souvent, quand il appartenait encore au Quai, d'apercevoir les bureaux Amorelle et Campois, à la fois propriétaires de carrières et armateurs.

— Je n'ai pas de temps à perdre et il faut que vous me compreniez. Tout à l'heure, j'ai profité de ce que mon gendre et ma fille étaient chez les Malik pour dire à François de mettre la vieille Renault en marche... Ils ne se doutent de rien... Ils ne rentreront sans doute pas avant la soirée... Vous comprenez ?

— Non... Oui...

A la rigueur, il comprenait que la vieille femme était partie en fraude, à l'insu de sa famille.

— Je vous jure que, s'ils savaient que je suis ici...

— Pardon ! Où étiez-vous ?

— A Orsenne, évidemment...

Comme une reine de France aurait dit :

« A Versailles ! »

Est-ce que tout le monde ne savait pas, ne devait pas savoir que Bernadette Amorelle, d'Amorelle et Campois, habitait Orsenne, un hameau au bord de la Seine entre Corbeil et la forêt de Fontainebleau ?

— Ce n'est pas la peine de me regarder comme si vous me croyiez folle. Ils essayeront sans doute de vous le faire croire. Je vous jure que ce n'est pas vrai.

— Pardon, madame, puis-je me permettre de vous demander votre âge ?

— Je permets, jeune homme. J'aurai quatre-vingt-deux ans le 7 septembre... Mais toutes mes dents sont à moi, si c'est cela que vous regardez... Et il est probable que j'en enterrerai encore quelques-uns...

Je serais bien heureuse, en particulier, d'enterrer mon gendre...

— Vous ne voulez pas boire quelque chose ?

— Un verre d'eau fraîche, si vous en avez...

Il la servit lui-même.

— A quelle heure avez-vous quitté Orsenne ?

— A onze heures et demie... Dès qu'ils ont été partis... J'avais prévenu François... François, c'est l'aide-jardinier, un bon petit garçon... C'est moi qui ai aidé sa mère à l'accoucher... Personne ne soupçonne à la maison qu'il sait conduire une automobile... Une nuit que je ne dormais pas — car il faut vous dire, commissaire, que je ne dors jamais — j'ai découvert qu'il s'essayait au clair de lune sur la vieille Renault... Cela vous intéresse ?

— Vivement...

— Il ne vous en faut pas beaucoup... La vieille Renault, qui n'était même pas au garage, mais dans les écuries, est une limousine qui date du temps de feu mon mari... Comme il est mort il y a vingt ans, calculez... Eh bien ! ce gamin, je ne sais pas comment, est parvenu à la faire marcher et, la nuit, il s'amusait à faire des tours sur la route...

— C'est lui qui vous a amenée ?

— Il m'attend dehors...

— Vous n'avez pas déjeuné ?

— Je mange quand j'ai le temps... Je déteste les gens qui éprouvent toujours le besoin de manger...

Et, malgré elle, elle eut un coup d'œil réprobateur à l'abdomen rebondi du commissaire.

— Voyez comme vous suez. Cela ne me regarde pas... Mon mari, lui aussi, a voulu n'en faire qu'à sa tête et voilà belle lurette qu'il n'est plus là... Il y a deux ans que vous êtes à la retraite, n'est-ce pas ?

— Bientôt deux ans, oui.

— Donc, vous vous embêtez... Donc, vous allez accepter ce que je vous propose... Il y a un train à cinq heures qui part d'Orléans, où je pourrai vous déposer en passant. Naturellement, ce serait plus facile de vous emmener en auto jusqu'à Orsenne, mais vous ne passeriez pas inaperçu et tout serait raté.

— Pardon, madame, mais...

— Je sais bien que vous allez faire des histoires. Or, moi, j'ai absolument besoin que vous veniez passer quelques jours à Orsenne. Cinquante mille si vous réussissez. Et, si vous ne trouvez rien, mettons dix mille, plus vos frais...

Elle ouvrait son sac, maniait des billets tout préparés.

— Il y a une auberge. Vous ne risquez pas de vous tromper, car il n'en existe qu'une. Cela s'appelle *L'Ange.* Vous y serez fort mal, car la pauvre Jeanne est à moitié toquée. Encore une que j'ai connue toute petite. Peut-être qu'elle ne voudra pas vous recevoir, mais vous saurez vous y prendre, je n'en doute pas. Du moment que vous lui parlerez maladies, elle sera contente. Elle est persuadée qu'elle les a toutes.

Mme Maigret apportait un plateau avec du café, et la vieille dame, indifférente à cette attention, la rabrouait :

— Qu'est-ce que c'est que ça ? Qui est-ce qui vous a commandé de nous servir le café ? Emportez...

Elle la prenait pour la bonne, comme elle avait pris Maigret pour le jardinier.

— Je pourrais vous raconter des tas d'histoires, mais je connais votre réputation et je sais que vous êtes assez intelligent pour tout découvrir par vous-même. Ne vous laissez pas impressionner par mon gendre, c'est tout ce que je vous recommande. Il a emberlificoté tout le monde. Il est poli. Jamais on n'a vu quelqu'un d'aussi poli. Il en devient écœurant. Mais le jour où on lui coupera la tête...

— Pardon, madame...

— Pas tant de pardons, commissaire. J'avais une petite-fille, une seule, la fille de ce Malik de mal-

12

heur. Car mon gendre s'appelle Malik. Cela aussi vous devez le savoir. Charles Malik... Ma petite-fille, Monita, aurait eu ses dix-huit ans la semaine prochaine...

— Vous voulez dire qu'elle est morte ?

— Il y a sept jours exactement. Nous l'avons enterrée avant-hier. On l'a retrouvée, noyée, sur le barrage d'aval... Et, quand Bernadette Amorelle vous dit que ce n'est pas un accident, vous pouvez le croire. Monita nageait comme un poisson. On essayera de vous faire croire qu'elle était imprudente, qu'elle allait se baigner toute seule à six heures du matin et quelquefois la nuit. Elle ne se serait pas noyée pour cela. Et, s'ils insinuent qu'elle a peut-être voulu se suicider, vous leur répondrez qu'ils en ont menti.

On venait soudain, sans transition, de passer de la comédie au drame, mais ce qu'il y avait d'étrange, c'est que le ton restait celui de la comédie. La vieille dame ne pleurait pas. Il n'y avait pas la moindre humidité à ses yeux d'un noir étonnant. Tout son être sec et nerveux continuait à être animé de la même vitalité qui, malgré tout, avait quelque chose d'assez comique.

Elle allait droit son chemin, poursuivait son idée sans souci des formes habituelles. Elle regardait Maigret sans avoir l'air de douter un seul instant qu'il lui fût tout acquis, simplement parce qu'elle le voulait ainsi.

Elle était partie en cachette, dans une auto invraisemblable, avec un gamin qui savait à peine conduire. Elle avait traversé ainsi toute la Beauce, sans déjeuner, à l'heure la plus chaude. Maintenant, elle regardait l'heure à une montre qu'elle portait, à l'ancienne mode, au bout d'une chaîne en sautoir.

— Si vous avez des questions à me poser, faites-le vite, déclara-t-elle, déjà prête à se lever.

— Vous n'aimez pas votre gendre, à ce que je comprends.

— Je le hais.

— Votre fille le hait-elle aussi ? Est-elle malheureuse avec lui ?

— Je n'en sais rien et cela m'est égal.

— Vous ne vous entendez pas avec votre fille ?

— J'aime mieux l'ignorer. Elle n'a aucun caractère, aucun sang dans les veines.

— Vous dites que, voilà sept jours, donc mardi de la semaine dernière, votre petite fille s'est noyée dans la Seine.

— Jamais de la vie. Vous feriez bien de prêter plus d'attention à ce que je vous raconte. On a retrouvé Monita, morte, dans la Seine, au-dessus du barrage d'aval.

— Cependant elle ne portait pas de blessure et le médecin a délivré le permis d'inhumer ?

Elle se contenta de le regarder d'un air de souverain mépris, avec peut-être une ombre de pitié.

— Vous êtes la seule, à ce que je comprends, à soupçonner que cette mort pourrait ne pas être naturelle.

Cette fois, elle se leva.

— Ecoutez, commissaire. Vous avez la réputation d'être le policier le plus intelligent de France. Tout au moins celui qui a obtenu les plus grands succès. Habillez-vous. Bouclez votre valise. Dans une demi-heure, je vous dépose à la gare des Aubrais. Ce soir à sept heures, vous serez à l'*Auberge de l'Ange*. Il vaut mieux que nous n'ayons pas l'air de nous connaître. Chaque jour, vers midi, François ira boire l'apéritif à *L'Ange*. D'habitude, il ne boit pas, mais je lui en donnerai l'ordre. Afin que nous puissions communiquer sans que cela leur mette la puce à l'oreille.

Elle fit quelques pas vers le jardin, décidée sans doute à s'y promener en dépit de la chaleur, en l'attendant.

14

— Dépêchez-vous.

Puis, se retournant :

— Vous aurez peut-être l'obligeance de faire servir quelque chose à boire à François. Il doit être dans l'auto. Du vin coupé d'eau. Pas de vin pur, car il faut qu'il me ramène à la maison, et il n'a pas l'habitude.

Mme Maigret, qui avait dû tout entendre, se tenait derrière la porte du vestibule.

— Qu'est-ce que tu fais, Maigret ? questionna-t-elle, le voyant se diriger vers l'escalier à boule de cuivre.

Il faisait frais dans la maison, où régnait une bonne odeur d'encaustique, de foin coupé, de fruits qui mûrissent et de cuisine mijotée. Cette odeur-là, qui était celle de son enfance, de la maison de ses parents, Maigret avait mis cinquante ans à la retrouver.

— Tu ne vas pas suivre cette vieille folle ?

Il avait laissé ses sabots sur le seuil. Il marchait pieds nus sur les carreaux froids, puis sur les marches de chêne ciré de l'escalier.

— Sers à boire au chauffeur et monte m'aider à faire ma valise.

Il y avait une petite flamme dans ses yeux, une petite flamme qu'il reconnut quand, dans le cabinet de toilette, il se débarbouilla à l'eau fraîche et se regarda dans la glace.

— Je ne te comprends plus ! soupira sa femme. Toi qui, tout à l'heure encore, ne pouvais rester en repos à cause de quelques doryphores.

Le train. Il avait chaud. Il fumait dans son coin. L'herbe des talus était jaune, les petites gares fleuries défilaient, un homme, dans la fumée de soleil, agitait ridiculement son petit drapeau rouge et soufflait dans un sifflet, comme les enfants.

Les tempes de Maigret étaient devenues grises. Il était un peu plus calme, un peu plus lourd qu'autrefois, mais il n'avait pas l'impression d'avoir vieilli depuis qu'il avait quitté la P.J.

C'était par vanité plutôt ou par une sorte de pudeur que, depuis deux ans, il refusait systématiquement de s'occuper de toutes les affaires qu'on venait lui proposer, surtout des banques, des compagnies d'assurances, des bijoutiers qui lui soumettaient des cas embarrassants.

On aurait dit, quai des Orfèvres :

« Le pauvre Maigret repique au truc, il en a déjà assez de son jardin et de la pêche à la ligne. »

Or, voilà qu'il se laissait embobiner par une vieille femme surgie dans l'encadrement de la petite porte verte.

Il la revoyait, raide et digne, dans l'antique limousine que conduisait avec une périlleuse désinvolture un François en tenue de jardinier qui n'avait pas pris le temps de changer ses sabots contre des souliers.

Il l'entendait lui dire, après avoir vu Mme Maigret agiter la main sur le seuil au moment de leur départ :

— C'est votre femme, n'est-ce pas ? J'ai dû la vexer en la prenant pour la servante... Je vous avais bien pris pour le jardinier.

Et l'auto était repartie pour sa course plus qu'aventureuse, après l'avoir déposé en face de la gare des Aubrais, où François, se trompant dans ses vitesses, avait failli écrabouiller en marche arrière toute une grappe de vélos.

C'étaient les vacances. On voyait des Parisiens partout dans la campagne et dans les bois, des autos rapides sur les routes, des canoës sur les rivières et des pêcheurs en chapeau de paille au pied de chaque saule.

Orsenne n'était pas une gare, mais une halte où quelques rares trains daignaient s'arrêter. A travers les arbres des parcs, on apercevait les toits de quelques grosses villas et, au-delà, la Seine, large et majestueuse à cet endroit.

Maigret aurait eu bien de la peine à dire pourquoi il avait optempéré aux ordres de Bernadette Amorelle. Peut-être à cause des doryphores ?

Soudain, lui aussi, comme les gens qu'il avait coudoyés dans le train, qu'il rencontrait en descendant le raidillon, qu'il voyait partout depuis qu'il avait quitté Meung, lui aussi se sentait en vacances.

Un autre air que celui de son jardin l'enveloppait, il marchait, allègre, dans un décor nouveau, il trouvait, en bas du chemin en pente, la Seine que longeait une route large pour livrer passage aux voitures.

Des écriteaux, avec des flèches, annonçaient depuis la gare : *Auberge de l'Ange,* et il suivait les flèches, pénétrait dans un jardin aux tonnelles délabrées, poussait enfin la porte vitrée d'une véranda où l'air, à cause du soleil enfermé entre les parois des vitres, était étouffant.

— Quelqu'un ! appela-t-il.

Il n'y avait qu'un chat, sur un coussin, par terre, des cannes à pêche dans un coin.

— Quelqu'un !...

Il descendit une marche et se trouva dans la salle où le balancier de cuivre d'une vieille horloge oscillait paresseusement avec un déclic à chaque fin de course.

— Il n'y a personne dans cette baraque ! grommela-t-il.

Au même moment on remua, tout près de lui. Il tressaillit et aperçut dans la pénombre un être qui bougeait, entortillé de couvertures. C'était une femme, la Jeanne sans doute, dont Mme Amorelle avait parlé. Ses cheveux noirs et gras lui pendaient des deux côtés de la figure et elle avait le cou entouré d'une épaisse compresse blanche.

17

— C'est fermé ! dit-elle d'une voix de mal de gorge.

— Je sais, madame. On m'a appris que vous étiez souffrante...

Aïe ! ce mot « souffrance », ridiculement faible, n'était-il pas une injure ?

— Vous voulez dire que je suis presque morte ? Personne ne veut le croire... On me tracasse.

Elle achevait pourtant de rejeter la couverture qui enveloppait ses jambes et elle se levait, les chevilles épaisses au-dessus des pantoufles de feutre.

— Qui est-ce qui vous a envoyé ici ?

— Figurez-vous que j'y suis venu jadis, il y a plus de vingt ans, et que c'est une sorte de pèlerinage que...

— Alors, vous avez connu Marius ?

— Parbleu !

— Pauvre Marius... Vous savez qu'il est mort ?

— On me l'a dit. Je ne voulais pas le croire.

— Pourquoi ?... Il n'a jamais eu de santé, lui non plus... Voilà trois ans qu'il est mort et que je me traîne... Vous comptiez coucher ici ?

Elle avait aperçu la valise qu'il avait posée sur le seuil.

— Je comptais y passer quelques jours, oui. A condition de ne vous donner aucun dérangement. Dans votre état...

— Vous venez de loin ?

— Des environs d'Orléans.

— Vous n'êtes pas en auto ?

— Non. Je suis arrivé par le train.

— Et vous n'avez plus de train pour repartir aujourd'hui. Mon Dieu ! Mon Dieu ! Raymonde !... Raymonde !... Je parie qu'elle est encore à courir. Enfin ! Je vais voir avec elle... Si elle veut bien... Parce qu'elle a un drôle de caractère. C'est la servante, mais elle profite de ce que je suis malade pour n'en faire

18

qu'à sa tête et on dirait que c'est elle qui commande. Tiens ! qu'est-ce qu'il vient faire par ici, celui-là ?

Elle regardait par la vitre un homme dont on entendait le pas sur le gravier. Maigret le regardait aussi et commençait à froncer les sourcils, car le nouveau venu lui rappelait vaguement quelqu'un.

Il était en tenue de tennis ou de campagne, pantalon de flanelle blanche, veston et souliers blancs, et, ce qui frappa l'ancien commissaire, ce fut un brassard de crêpe qu'il portait au bras.

Il entra, en habitué.

— Bonjour, Jeanne...

— Qu'est-ce que vous voulez, monsieur Malik ?

— Je suis venu te demander si...

Il s'interrompit, regardant Maigret en face, souriant soudain, et il lança :

— Jules !... Par exemple !... Qu'est-ce que tu fais ici, toi ?

— Pardon...

D'abord, depuis des années et des années, personne ne l'appelait Jules, à tel titre qu'il en avait presque oublié son prénom. Sa femme elle-même avait la manie, qui finissait par le faire sourire, de l'appeler Maigret.

— Tu ne te souviens pas ?

— Non...

Et pourtant ce visage coloré, aux traits bien dessinés, au nez proéminent, aux yeux clairs, trop clairs, ne lui était pas inconnu. Le nom de Malik non plus, qui déjà, quand Mme Amorelle l'avait prononcé, avait réveillé quelque chose de confus dans sa mémoire.

— Ernest...

— Comment, Ernest ?

Est-ce que Bernadette Amorelle n'avait pas parlé d'un Charles Malik ?

— Le lycée de Moulins.

Maigret avait bien fréquenté le lycée de Moulins

pendant trois ans, à l'époque où son père était régisseur dans un château de la région. Cependant...

Chose curieuse, si sa mémoire était infidèle, il était pourtant sûr que c'était un souvenir plutôt déplaisant que lui rappelait ce visage soigné, cet homme plein d'assurance. Au surplus, il n'aimait pas être tutoyé. Il avait toujours eu la familiarité en horreur.

— Le Percepteur...

— J'y suis, oui... Je ne vous aurais pas reconnu.

— Qu'est-ce que tu fais ici ?

— Moi ? Je...

L'autre éclatait de rire.

— Nous en parlerons tout à l'heure... Je savais bien que le commissaire Maigret n'était autre que mon vieil ami Jules. Tu te souviens du professeur d'anglais ?... Inutile de faire préparer une chambre, Jeanne. Mon ami couchera à la villa...

— Non ! prononça Maigret d'un air grognon.

— Hein ? Tu dis ?

— Je dis que je coucherai ici... C'est déjà convenu avec Jeanne.

— Tu y tiens ?

— J'y tiens.

— A cause de la vieille ?

— Quelle vieille ?

Un sourire malicieux flottait sur les lèvres minces d'Ernest Malik, et ce sourire-là, c'était encore le sourire du gamin d'autrefois.

On l'appelait le Percepteur parce que son père était percepteur des contributions à Moulins. Il était très maigre, avec un visage en lame de couteau et les yeux clairs, d'un gris pas engageant.

— Ne te trouble pas, Jules. Tu comprendras cela tout à l'heure... Dis donc, Jeanne, n'aie pas peur de répondre franchement. Est-ce que ma belle-mère est folle, oui ou non ?

Et Jeanne, glissant sans bruit sur ses pantoufles, de murmurer sans enthousiasme :

— J'aime autant ne pas me mêler de vos affaires de famille.

Elle regardait déjà Maigret avec moins de sympathie, sinon avec méfiance.

— Alors, est-ce que vous restez ou est-ce que vous allez avec lui ?

— Je reste.

Malik regardait toujours son ancien condisciple d'un air narquois, comme si tout cela faisait partie d'une bonne farce dont Maigret eût été la victime.

— Tu vas bien t'amuser, je t'assure... Je ne connais rien de plus gai que l'*Auberge de l'Ange*. Tu as vu l'ange, tu as marché !

Se souvint-il brusquement de son deuil ? Toujours est-il qu'il prit un air plus grave pour ajouter :

— Si tout cela n'était pas triste, on en rirait bien tous les deux... Monte au moins jusqu'à la maison. Mais si ! C'est nécessaire... Je t'expliquerai... Le temps de prendre l'apéritif et tu auras compris.

Maigret hésitait encore. Il était là, immobile, énorme en comparaison de son compagnon qui était aussi grand que lui, mais d'une rare sveltesse.

— Je viens, prononça-t-il enfin comme à regret.

— Tu accepteras sans doute de dîner avec nous ? Je ne dis pas que la maison soit très gaie actuellement, après la mort de ma nièce, mais...

Au moment de partir, Maigret aperçut Jeanne qui, d'un coin sombre, les regardait partir. Et il eut l'impression qu'il y avait de la haine dans le regard qu'elle laissait peser sur l'élégante silhouette d'Ernest Malik.

2

LE SECOND FILS DU PERCEPTEUR

TANDIS QUE LES DEUX hommes marchaient le long de la rivière, ils devaient donner l'impression que l'un tenait l'autre en laisse et que celui-ci, grognon et balourd comme un gros chien à poils longs, se laissait traîner.

Et le fait est que Maigret était mal à l'aise. Déjà, à l'école, il n'avait aucune sympathie pour le Percepteur. En outre, il avait horreur de ces gens surgis de votre passé qui vous tapent amicalement sur l'épaule et se permettent de vous tutoyer.

Enfin Ernest Malik représentait un type humain qui l'avait toujours fait se hérisser.

Il marchait avec désinvolture, lui, à l'aise dans son complet de flanelle blanche admirablement coupé, le corps soigné, le poil lustré, la peau sèche malgré la chaleur. Déjà il jouait le grand seigneur qui fait visiter ses domaines à un croquant.

Il y avait — il y avait toujours eu — dans ses yeux clairs, une petite étincelle d'ironie, même quand il était gamin, un éclat furtif qui proclamait :

« Je t'ai eu et je t'aurai encore... Je suis tellement plus intelligent que toi !... »

La Seine, qui dessinait une courbe molle, s'étalait très large, à leur gauche, bordée de roseaux. A droite, des murs bas, les uns très vieux, les autres presque neufs, séparaient la route des villas.

Il y en avait peu : quatre ou cinq, autant que le commissaire put en juger. Elles étaient cossues, blotties dans de grands parcs bien entretenus dont on apercevait les allées en passant devant les grilles.

— La villa de ma belle-mère, que tu as eu le plaisir de voir aujourd'hui, annonça Malik comme ils atteignaient un large portail aux pilastres surmontés de lions de pierre. Le vieil Amorelle l'a rachetée, voilà une quarantaine d'années, à un baron de la finance du second Empire.

On distinguait, dans l'ombre des arbres, une vaste construction qui n'était pas particulièrement belle, mais qui faisait solide et riche. De minuscules jets tournants arrosaient les pelouses, cependant qu'un vieux jardinier, qui semblait échappé d'un catalogue de marchand de graines, ratissait les allées.

— Qu'est-ce que tu penses de Bernadette Amorelle ? questionna Malik en se retournant vers son ancien condisciple et en lui plantant dans les yeux son regard pétillant de malice.

Maigret s'épongeait et l'autre avait l'air de dire :

« Pauvre vieux ! Tu n'as pas changé, toi ! Tu es toujours bien le fils pataud d'un intendant de château ! De la grosse chair paysanne. De la naïveté et peut-être du bon sens ! »

Et à voix haute :

— Marchons... J'habite un peu plus loin, après le tournant. Tu te souviens de mon frère ?... C'est vrai que tu ne l'as pas connu au lycée, car il a trois ans de moins que nous. Mon frère Charles a épousé une des filles Amorelle à peu près dans le même temps que j'épousais l'autre... C'est lui qui habite cette villa, l'été, avec sa femme et notre belle-maman. C'est sa fille qui est morte la semaine dernière...

Cent mètres encore et ils découvraient, à gauche,

un ponton tout blanc, luxueux comme les pontons des grands clubs, au bord de la Seine.

— Ici commence mon domaine... J'ai quelques petits bateaux, car il faut bien s'amuser un peu dans ce trou perdu... Tu fais de la voile ?

Quelle ironie dans sa voix en demandant au gros Maigret s'il faisait de la voile dans un de ces frêles esquifs qu'on voyait entre des bouées !

— Par ici...

Une grille aux flèches dorées. Une allée dont le sable clair brillait. Le parc était en pente douce et bientôt on découvrait une construction moderne beaucoup plus vaste que la maison des Amorelle. Des tennis à gauche, d'un rouge sombre dans le soleil. Une piscine à droite.

Et Malik, de plus en plus désinvolte, comme une jolie femme qui joue négligemment avec un bijou valant des millions, semblait dire :

« Regarde de tous tes yeux, gros balourd. Tu es ici chez Malik. Mais oui, chez le petit Malik que vous nommiez dédaigneusement le Percepteur parce que son papa passait ses journées derrière un grillage dans un bureau obscur. »

De grands chiens danois venaient lui lécher les mains et il acceptait cet humble hommage comme sans s'en apercevoir.

— Si tu veux, nous allons prendre l'apéritif sur la terrasse en attendant la cloche du dîner... Mes fils doivent être sur la Seine à faire du bateau...

Derrière la villa, un chauffeur en bras de chemise lavait au jet une puissante voiture américaine aux nickels éblouissants.

Ils gravissaient les marches, s'installaient sous un parasol rouge, dans des fauteuils de rotin larges comme des fauteuils clubs. Un maître d'hôtel en veste blanche s'empressait, et Maigret avait davantage l'impression de se trouver dans un palace de ville d'eaux que dans une maison particulière.

24

— *Rose ?... Martini ?... Manhattan ?...* Qu'est-ce tu préfères, Jules ? Si j'en crois ta légende, que je connais comme tout le monde par les journaux, tu préfères un grand demi sur le zinc ?... Malheureusement, je n'ai pas encore installé de zinc ici... Cela viendra peut-être... Ce serait assez rigolo. Deux *Martini*, Jean ! Ne te gêne pas pour fumer ta pipe. Qu'est-ce que nous disions ? Ah ! oui... Mon frère et ma belle-sœur sont, bien entendu, assez sonnés par cette histoire... Ils n'avaient que cette fille-là, tu comprends ? Ma belle-sœur n'a jamais joui de beaucoup de santé...

Est-ce que Maigret écoutait ? Si oui, il n'en avait pas conscience. Et cependant les mots prononcés se gravaient automatiquement dans sa mémoire.

Enfoncé dans son fauteuil, les yeux mi-clos, une pipe tiède entre ses lèvres boudeuses, il regardait vaguement le paysage, qui était très beau. Le soleil commençait à décliner et à se colorer de rouge. De la terrasse où ils se trouvaient, on découvrait toute la boucle de la Seine, bordée en face d'eux par des collines boisées où tranchait, d'un blanc cru, la saignée d'une carrière.

Quelques voiles blanches évoluaient sur l'eau sombre et soyeuse du fleuve, quelques canoës vernis glissaient lentement, une barque à moteur bourdonnait, et, quand elle disparaissait au loin, l'air vibrait encore au rythme de son moteur.

Le valet de chambre avait posé devant eux des verres de cristal qui se couvraient d'une fine buée.

— Ce matin, je les avais invités tous les deux à passer la journée à la maison. Inutile d'inviter ma belle-mère. C'est une femme qui a horreur de la famille et à qui il arrive de rester des semaines sans sortir de sa chambre...

Son sourire proclamait :

« Tu ne peux comprendre, pauvre gros Maigret. Tu es habitué, toi, aux petites gens qui mènent une petite vie banale et qui ne peuvent se permettre la moindre originalité. »

Et c'était vrai que Maigret était mal à l'aise dans ce milieu. Le décor lui-même, trop harmonieux, aux lignes trop calmes, le hérissait. Il en arrivait — et ce n'était pas la jalousie, car il n'était pas mesquin à ce point-là — à détester ce tennis si net, ce chauffeur trop bien nourri, qu'il avait entrevu astiquant l'auto somptueuse. Le ponton, avec ses plongeoirs, ses petits bateaux amarrés alentour, la piscine, les arbres taillés, les allées au sable uni et comme sans une tache faisaient partie d'un univers où il ne pénétrait qu'à regret et où il se sentait terriblement lourd.

— Je te raconte tout ceci pour t'expliquer mon arrivée, tout à l'heure, chez cette bonne Jeanne. Quand je te dis cette bonne Jeanne, c'est une façon de parler, car c'est bien le plus perfide animal de la terre. Du temps de son mari, de son Marius, elle le trompait avec acharnement et, depuis qu'il est mort, elle gémit du matin au soir sur sa mémoire.

» Donc mon frère et ma belle-sœur étaient ici. Au moment de se mettre à table, ma belle-sœur s'aperçoit qu'elle a oublié ses pilules. Elle a la manie de se droguer. Ses nerfs, dit-elle. Je me propose pour aller les chercher. Au lieu de passer par la route, je traverse les jardins, car les deux propriétés sont voisines.

» Un hasard que je regarde par terre. En passant devant les anciennes écuries, je remarque des traces de roues. J'ouvre la porte et je m'étonne de ne pas voir à sa place la vieille limousine de mon défunt beau-père...

» Voilà, mon vieux, comme je suis arrivé jusqu'à toi. J'ai interrogé le jardinier, qui m'a avoué que son aide était parti une heure plus tôt avec la voiture et qu'il avait emmené Bernadette.

» Quand ils sont rentrés, j'ai fait appeler le gamin et je l'ai questionné. J'ai su qu'il était allé à Meung-sur-Loire et qu'il avait déposé un gros homme avec une valise à la gare des Aubrais. Je m'excuse, mon vieux. C'est lui qui a dit un gros homme.

» J'ai tout de suite pensé que ma charmante belle-mère avait été se confier à quelque policier privé, car elle a la folie de la persécution et elle est persuadée que la mort de sa petite-fille cache Dieu sait quel mystère.

» J'avoue que je n'ai pas pensé à toi... Je savais qu'il y avait un Maigret dans la police, mais je n'étais pas sûr que c'était le Jules du lycée.

» Qu'est-ce que tu en dis ?

Et Maigret de laisser tomber :

— Rien.

Il ne disait rien. Il pensait à sa maison si différente, à son jardin, aux aubergines, aux petits pois qui tombaient dans la bassine émaillée, et il se demandait pourquoi il avait suivi sans discuter cette vieille dame autoritaire qui l'avait littéralement enlevé.

Il pensait au train bourdonnant de chaleur, à son ancien bureau du Quai des Orfèvres, à toutes les crapules qu'il avait interrogées, à tant de petits bars, d'hôtels malpropres, d'endroits invraisemblables où ses enquêtes l'avaient conduit.

Il pensait à tout cela et il en était d'autant plus furieux, plus vexé d'être là, dans un milieu hostile, sous l'œil sardonique du Percepteur.

— Tout à l'heure, si cela t'amuse, je te ferai visiter la maison. J'en ai fait les plans moi-même avec l'architecte. Evidemment, nous ne l'habitons pas toute l'année, mais seulement l'été. J'ai un appartement à Paris, avenue Hoche. J'ai aussi acheté une villa à trois kilomètres de Deauville, et nous y sommes allés en juillet. En août, le public, à la mer, est impossible. Maintenant, si le cœur t'en dit, je t'invite volontiers à passer quelques jours avec nous. Tu joues au tennis ? Tu montes à cheval ?...

Pourquoi ne lui demandait-il pas aussi s'il jouait au golf et s'il faisait du ski nautique ?

— Remarque que, si tu attaches la moindre importance à ce que ma belle-mère t'a raconté, je ne t'empêche nullement de faire ta petite enquête. Je me mets à ton entière disposition, et si tu as besoin d'une voiture et d'un chauffeur... Tiens ! voici ma femme.

Elle apparaissait sur le perron, venant de la maison, vêtue de blanc, elle aussi.

— Je te présente Maigret, un vieil ami de lycée... Ma femme...

Elle tendait une main blanche et molle au bout d'un bras blanc, et tout était blanc chez elle, son visage, ses cheveux d'un blond trop clair.

— Asseyez-vous, monsieur, je vous en prie...

Qu'y avait-il, chez elle, qui donnait une impression de malaise ? Peut-être qu'on la sentait comme absente ? Sa voix était neutre, si impersonnelle qu'on pouvait se demander si c'était elle qui avait parlé. Elle s'asseyait dans un grand fauteuil et on soupçonnait qu'elle aurait pu tout aussi bien être ailleurs. Pourtant, elle adressait un léger signe à son mari. Celui-ci ne comprenait pas. Du regard, elle désignait l'unique étage de la villa. Elle précisait :

— C'est Georges-Henry...

Alors, fronçant les sourcils, Malik se levait, disait à Maigret :

— Tu permets un instant ?

Ils restaient là, immobiles et silencieux, la femme et le commissaire, puis soudain il y avait, à l'étage supérieur, comme le début d'un vacarme. Une porte était poussée brusquement. Des pas rapides. Une des fenêtres se fermait. Des voix étouffées. Les échos d'une dispute, sans doute, en tout cas d'une discussion assez âpre.

Tout ce que Mme Malik trouvait à dire, c'était :

— Vous n'étiez jamais venu à Orsenne ?

— Non, madame.

— C'est assez joli pour qui aime la campagne. C'est surtout reposant, n'est-ce pas ?

Et le mot reposant prenait dans sa bouche une valeur toute particulière. Elle était si molle, si lasse peut-être, ou dotée de si peu de vivacité, son corps s'abandonnait avec tant d'inertie dans le fauteuil de rotin qu'elle était le repos personnifié, le repos perpétuel.

Pourtant, elle tendait l'oreille aux bruits de l'étage qui allaient en s'apaisant et, quand on n'entendit plus rien, elle prononça encore :

— Il paraît que vous dînez avec nous ?

Si bien élevée qu'elle fût, elle ne parvenait pas à exprimer une joie simplement polie. Elle constatait. Elle constatait à regret. Malik revenait, et, au moment où Maigret le regardait, il accrochait à nouveau sur ses traits son sourire étroit.

— Tu m'excuses ?... Il y a toujours à s'occuper des domestiques.

On attendait la cloche du dîner avec une certaine gêne. Malik, en présence de sa femme, semblait moins désinvolte.

— Jean-Claude n'est pas rentré ?

— Je crois que je l'aperçois sur le ponton.

Un jeune homme en short venait en effet de débarquer d'un léger voilier qu'il amarrait et, son chandail sur le bras, il se dirigeait lentement vers la maison. A cet instant, la cloche sonnait et on passait dans la salle à manger, où on devait bientôt retrouver, lavé, peigné et vêtu de flanelle grise, Jean-Claude, le fils aîné d'Ernest Malik.

— Si j'avais su plus tôt que tu viendrais, j'aurais invité mon frère et ma belle-sœur, afin que tu fasses la connaissance de toute la famille. Demain, si tu veux, je les inviterai, ainsi que nos voisins, qui ne sont pas très nombreux. C'est chez nous le lieu de réunion... Il y a presque toujours du monde... On entre, on sort, on fait comme chez soi.

La salle à manger était vaste et riche. La table était de marbre veiné de rose et les couverts posés sur de minuscules napperons individuels.

— En somme, si j'en crois ce que les journaux ont raconté de toi, tu n'as pas mal réussi dans la police ? Drôle de métier. Je me suis souvent demandé pourquoi on devenait policier, à quel moment et comment on se sentait la vocation. Car, enfin...

Sa femme était plus absente que jamais. Maigret observait Jean-Claude, qui, de son côté, dès qu'il ne se croyait pas regardé, examinait le commissaire attentivement.

Froid comme le marbre de la table, le jeune homme. A dix-neuf ou vingt ans, il avait déjà l'assurance de son père. Celui-là ne devait pas se laisser facilement troubler et, pourtant, il y avait comme de la gêne dans l'air.

On ne parlait pas de Monita, qui était morte la semaine précédente. Peut-être préférait-on n'en pas parler en présence du maître d'hôtel.

— Vois-tu, Maigret, disait Malik, vous avez tous été aveugles, autant que vous étiez, au lycée, et vous ne vous doutiez pas de ce que vous disiez en m'appelant le Percepteur. Nous étions quelques-uns, souviens-toi, qui n'étions pas riches, tenus plus ou moins à l'écart des fils de hobereaux et de gros bourgeois. Il y en avait qui en souffraient, d'autres, comme toi, que cela laissait indifférents.

» Moi, on m'appelait le Percepteur avec mépris, et pourtant c'est ce qui a fait ma force...

» Si tu savais tout ce qui passe pas les mains d'un percepteur ! J'ai connu les sales dessous des familles les plus solides en apparence... J'ai connu les tripotages de ceux qui s'enrichissaient. J'ai vu ceux qui montaient et ceux qui descendaient, même ceux qui dégringolaient, et je me suis mis à étudier le mécanisme de tout cela...

» La mécanique sociale, si tu veux. Pourquoi on monte et pourquoi on descend.

Il parlait avec un orgueil méprisant, dans la salle à manger de grand luxe, aux fenêtres de laquelle le décor lui-même était encore comme une affirmation de sa réussite.

— Moi, j'ai monté...

Les mets étaient sans doute de choix, mais l'ancien commissaire n'avait aucun goût pour ces petits plats compliqués aux sauces invariablement constellées d'éclats de truffes ou de queues d'écrevisses. Le maître d'hôtel à chaque instant, se penchait pour remplir un des verres rangés devant lui.

Le ciel devenait vert d'un côté, d'un vert froid et comme éternel, rouge de l'autre, avec des traînées violacées et quelques nuages d'un blanc ingénu. Des canoës s'attardaient sur la Seine, où parfois un poisson, en sautant, dessinait une série de cercles lents.

Malik devait avoir l'oreille fine, aussi fine que Maigret, qui entendit, lui aussi. Et pourtant, c'était à peine perceptible, le silence du soir seul permettait au moindre bruit de prendre une suffisante ampleur.

Un grattement d'abord, comme à une fenêtre du premier étage, du côté où, tout à l'heure, avant le dîner, il y avait eu des éclats de voix. Puis un bruit mou dans le parc.

Malik et son fils s'étaient regardés. Mme Malik n'avait pas bronché et avait continué à porter sa fourchette à sa bouche.

En un éclair, Malik eut posé sa serviette sur la table et, l'instant d'après, il avait bondi dehors, souple et silencieux sur ses semelles de crêpe.

Pas plus que la maîtresse de maison, le domestique n'avait paru s'étonner de cet incident. Mais Jean-Claude, lui, avait rougi légèrement. Et maintenant il cherchait quelque chose à dire, il ouvrait la bouche, balbutiait quelques mots.

— Mon père est encore agile pour son âge, n'est-ce pas ?

Avec, justement, le même sourire que son père. Autrement dit :

« Il se passe quelque chose, évidemment, mais cela ne vous regarde pas. Contentez-vous de manger et ne vous occupez pas du reste. »

— Il me bat régulièrement au tennis, où pourtant je ne suis pas trop mauvais. C'est un homme étonnant...

Pourquoi Maigret répéta-t-il, en regardant son assiette :

— Etonnant...

Quelqu'un était enfermé là-haut, dans une chambre, c'était clair. Ce quelqu'un ne devait pas être content d'être claustré de la sorte, puisque, avant le dîner, Malik avait été obligé de monter pour le morigéner.

Ce même quelqu'un avait essayé de profiter du repas qui réunissait toute la famille dans la salle à manger pour s'enfuir. Il avait sauté dans la terre molle, plantée d'hortensias, qui entourait la maison.

C'était ce bruit de chute dans la plate-bande que Malik avait entendu en même temps que le commissaire.

Or il avait bondi dehors. Cela devait être grave, suffisamment grave pour lui faire prendre une attitude pour le moins étrange.

— Votre frère joue au tennis aussi ? questionna Maigret en levant la tête et en regardant le jeune homme en face.

— Pourquoi demandez-vous ça ? Non, mon frère n'est pas sportif.

— Il a quel âge ?

— Seize ans... Il vient d'être recalé à son bachot, et mon père est furieux.

— C'est pour cela qu'il l'a enfermé dans sa chambre ?

— Probablement... Ça ne va pas toujours très fort entre Georges-Henry et mon père.

— Par contre, vous devez vous entendre fort bien avec votre père, n'est-ce pas ?

— Assez bien.

Maigret regarda par hasard la main de la maîtresse de maison et il s'aperçut avec étonnement qu'elle était tellement crispée sur son couteau que les articulations en devenaient bleuâtres.

Ils attendaient tous les trois, tandis que le maître d'hôtel changeait une fois de plus les assiettes. L'air était plus calme que jamais, au point qu'on entendait le moindre frémissement des feuilles dans les arbres.

Quand il avait pris pied dans le jardin, Georges-Henry s'était mis à courir. Dans quelle direction ? Pas vers la Seine, car on l'aurait vu. Derrière, au fond du parc, passait la ligne de chemin de fer. A droite, c'était le parc de la maison Amorelle.

Le père devait courir derrière son fils. Et Maigret ne put s'empêcher de sourire en pensant à la rage qui animait certainement Malik, contraint à cette poursuite sans gloire.

Ils eurent le temps de manger le fromage, puis le dessert. C'était l'instant où ils auraient dû se lever et passer au salon ou sur la terrasse, où il faisait encore jour. En regardant sa montre, le commissaire constata qu'il y avait douze minutes que le maître de maison s'était élancé dehors.

Mme Malik ne se levait pas. Son fils essayait de la rappeler discrètement à son devoir quand on entendit enfin des pas dans le hall voisin.

C'était le Percepteur, avec son sourire, un sourire un peu crispé malgré tout, et la première chose que Maigret remarqua fut qu'il avait changé de pantalon. Celui-ci était en flanelle blanche aussi, mais il sortait évidemment de l'armoire, le pli encore intact.

Est-ce que, dans sa course, Malik s'était accroché

aux ronces ? Ou bien avait pataugé dans quelque ruisseau?

Il n'avait pas eu le temps d'aller loin. Sa réapparition n'en constituait pas moins un record, car il n'était pas essoufflé, ses cheveux gris fer étaient lissés avec soin, rien dans sa tenue ne trahissait le désordre.

— J'ai un chenapan de...

Le fils était digne du père, car il l'interrompit le plus naturellement du monde :

— Encore Georges-Henry, je parie ? Je disais justement au commissaire qu'il a séché son bac et que tu l'avais enfermé dans sa chambre pour le forcer à étudier.

Malik ne broncha pas, ne marqua aucune satisfaction, aucune admiration pour ce repêchage en voltige. Et pourtant c'était du beau jeu. Ils venaient de se renvoyer la balle avec autant de précision qu'au tennis.

— Merci, Jean, disait Malik au maître d'hôtel qui voulait le servir. Si Madame le désire, nous passerons sur la terrasse.

Puis à sa femme :

— A moins que tu te sentes lasse ?... Dans ce cas, mon ami Maigret ne t'en voudra pas de te retirer. Tu permets, Jules ?... Ces derniers jours ont été durs pour elle. Elle avait beaucoup d'affection pour sa nièce.

Qu'est-ce qui grinçait ? Les mots étaient quelconques, l'intonation banale. Et pourtant Maigret avait l'impression de découvrir, de flairer plutôt sous chaque phrase des choses troubles ou menaçantes.

Toute droite maintenant dans sa robe blanche, Mme Malik les regardait, et Maigret, sans savoir au juste pourquoi, n'aurait pas été étonné de la voir s'effondrer sur les dalles de marbre noir et blanc.

— Si vous le permettez, balbutia-t-elle.

Elle tendit encore une fois la main, qu'il effleura

et qu'il trouva froide. Les trois hommes franchirent la porte-fenêtre et se trouvèrent sur la terrasse.

— Les cigares et la fine, Jean, commanda le maître de maison.

Et s'adressant à brûle-pourpoint à Maigret :

— Tu es marié ?

— Oui.

— Des enfants ?

— Je n'ai pas cette chance.

Un retroussis de lèvres qui n'échappa pas à Jean-Claude, mais qui ne le choqua pas.

— Assieds-toi, prends un cigare !

On en avait apporté plusieurs boîtes, des havanes et des manilles, plusieurs flacons d'alcool aussi, aux formes diverses.

— Le petit, vois-tu, ressemble à sa grand-mère. Il n'est pas Malik pour deux sous.

Une des difficultés de la conversation, un des soucis de Maigret, c'était qu'il ne pouvait se résoudre à tutoyer son ancien condisciple.

— Vous l'avez rattrapé ? questionna-t-il en hésitant.

Et l'autre s'y méprit. C'était fatal. Une lueur de satisfaction passa dans ses yeux. Il croyait, évidemment, que l'ex-commissaire était impressionné par son faste et n'osait pas se permettre un ton plus familier.

— Tu peux me dire tu, laissa-t-il tomber avec condescendance en faisant craquer un cigare entre ses doigts longs et soignés. Quand on a usé ses fonds de culotte ensemble sur les bancs du lycée... Non, je ne l'ai pas rattrapé et je n'en avais pas l'intention...

Il mentait. Il suffisait de l'avoir vu bondir hors de la pièce.

— Seulement, je désirais savoir où il allait... C'est un grand nerveux, impressionnable comme une fille.

» Tout à l'heure, quand je me suis absenté un instant, c'était chez lui que je montais pour lui faire des remontrances. J'ai été assez dur avec lui et j'ai toujours peur...

Lut-il dans les yeux de Maigret que celui-ci, par analogie, pensait à Monita, qui s'était noyée et qui était nerveuse, elle aussi ? Sans doute, car il se hâta d'ajouter :

— Oh ! ce n'est pas ce que tu penses. Il s'aime trop pour ça ! Mais il lui arrive de faire des fugues. Une fois, il est resté huit jours absent et on l'a trouvé par hasard sur un chantier où il venait de se faire embaucher.

L'aîné écoutait avec indifférence. Il était du côté de son père, c'était clair. Il méprisait profondément ce frère dont on parlait et qui ressemblait à sa grand-mère.

— Comme je savais qu'il n'avait pas d'argent de poche, je l'ai suivi et je suis bien tranquille... Il est tout bonnement allé retrouver la vieille Bernadette et, à cette heure, il doit pleurer dans son giron.

L'ombre commençait à s'épaissir, et Maigret avait l'impression que son interlocuteur s'inquiétait moins de ses propres expressions de physionomie. Ses traits devenaient plus durs, le regard encore plus aigu, sans cette ironie qui en tempérait quelque peu la férocité.

— Tu tiens absolument à aller coucher chez Jeanne ? Je pourrais faire prendre ton bagage par un domestique.

Cette insistance déplut à l'ancien commissaire, qui y vit comme une menace. Peut-être avait-il tort ? Peut-être se laissait-il conseiller par sa mauvaise humeur ?

— J'irai coucher à *L'Ange*, dit-il.

— Tu acceptes mon invitation pour demain ? Tu verras ici quelques types intéressants. Nous ne sommes pas nombreux. Six villas en tout, en comptant l'ancien château qui est de l'autre côté de l'eau. Mais cela suffit pour fournir quelques phénomènes !

Justement on entendit un coup de feu du côté de la rivière. Maigret n'avait pas eu le temps de tressaillir que son compagnon expliquait :

— Le père Groux qui chasse les ramiers. Un original que tu verras demain. C'est à lui toute la colline que tu aperçois, ou plutôt que l'obscurité t'empêche de distinguer sur l'autre rive. Il sait que je suis acheteur, et il y a vingt ans qu'il s'obstine à ne pas vendre, bien qu'il n'ait pas un sou vaillant.

Pourquoi la voix avait-elle baissé d'un ton, comme il arrive à quelqu'un qui parle et qui soudain est frappé par une nouvelle idée ?

— Tu es capable de retrouver ton chemin ? Jean-Claude va te reconduire jusqu'à la grille. Tu fermeras, Jean-Claude ? Tu suis le chemin de halage et, à deux cents mètres, tu prends le routin qui te conduit tout droit à *L'Ange*... Si tu aimes les histoires, tu seras servi, car la vieille Jeanne, qui souffre d'insomnie, doit déjà te guetter et t'en racontera pour ton argent, surtout si tu compatis à ses malheurs et si tu as pitié de ses multiples maux.

Il acheva de boire son verre et resta debout, laissant entendre que la séance était terminée.

— A demain, vers midi. Je compte sur toi.

Il tendit une main sèche et vigoureuse.

— C'est rigolo de se retrouver après si longtemps... Bonsoir, vieux.

Un « bonsoir, vieux » un peu protecteur, distant.

Déjà, tandis que Maigret, accompagné de l'aîné, descendait les marches du perron, il disparaissait dans la maison.

Il n'y avait pas de lune et la nuit commençait à être assez noire. Maigret, qui suivait le chemin de halage, entendait le bruit lent et monotone d'une paire d'avirons. Une voix dit assez bas :

— Stop !

Le bruit cessa et fut remplacé par un autre, par

celui d'un épervier qu'on venait de lancer au bord. Sans doute des braconniers ?

Il continua sa route, fumant sa pipe, fourrant ses mains dans ses poches, mécontent de lui et des autres et se demandant, en somme, ce qu'il faisait là au lieu d'être chez lui.

Il dépassait le mur qui clôturait le parc des Amorelle. Au moment où il passait devant la grille, il avait aperçu une lumière à une des fenêtres. Maintenant, sur sa gauche, c'étaient des fourrés sombres dans lesquels, un peu plus loin, il allait trouver le routin conduisant chez la vieille Jeanne.

Soudain, il y eut un claquement sec suivi aussitôt d'un léger bruit sur le sol à quelques mètres devant lui. Il s'immobilisa, ému, bien que cela ressemblât à la détonation de tout à l'heure, quand Malik lui avait parlé d'un vieil original qui passait ses soirées à chasser le ramier.

Aucun bruit. Il y avait quelqu'un pourtant, non loin de lui, probablement sur le mur des Amorelle, quelqu'un qui avait tiré avec une carabine et qui n'avait pas tiré en l'air, vers quelque ramier posé sur une branche, mais vers le sol, vers Maigret qui passait.

Il eut une moue de mauvaise humeur et de satisfaction tout ensemble. Il serra les poings, furieux, et pourtant cela le soulageait. Il aimait mieux ça.

— Crapule ! gronda-t-il à mi-voix.

Il était inutile de chercher son agresseur, de se précipiter comme Malik l'avait fait tout à l'heure. Dans la nuit, il ne trouverait rien et il risquait de tomber bêtement dans quelque trou.

Les mains toujours dans ses poches, la pipe aux dents, la carrure large et la démarche volontairement lente, il continua sa route et il affichait son mépris en ne rompant pas un seul instant la cadence de son pas.

Il atteignit *L'Ange,* quelques minutes plus tard, sans qu'on l'eût pris à nouveau pour cible.

3

TABLEAU DE FAMILLE DANS LE SALON

A NEUF HEURES ET DEMIE, il n'était pas encore levé. La fenêtre grande ouverte laissait depuis longtemps pénétrer les bruits du dehors, le caquet des poules qui grattaient le fumier dans une cour, la chaîne d'un chien, les appels insistants des remorqueurs et ceux, plus sourds, des péniches à moteur.

Maigret avait la gueule de bois, et même ce qu'il aurait appelé une sale gueule de bois. Il connaissait maintenant le secret de la vieille Jeanne, la tenancière de *L'Ange*. Elle était encore dans la salle à manger, la veille au soir, quand il était rentré, près de l'horloge à balancier de cuivre. Malik avait eu raison de l'avertir qu'elle l'attendait. Mais sans doute était-ce moins pour parler que pour boire.

« Elle picole ferme ! » se disait-il maintenant dans son demi-sommeil qu'il n'osait pas rompre trop brutalement par crainte du sérieux mal de tête qu'il savait trouver au bout.

Il aurait dû s'en apercevoir tout de suite. Il en avait connu d'autres, des femmes sur le retour, qui ont perdu toute coquetterie, qui se traînent comme celle-ci, dolentes, geignantes, le visage luisant, les cheveux gras, à se plaindre de toutes les maladies du bon Dieu.

— Je prendrais bien un petit verre, avait-il dit en s'asseyant auprès d'elle, ou plutôt en s'installant à califourchon sur une chaise. Et vous, madame Jeanne ?... Qu'est-ce que je vous offre ?...

— Rien, monsieur. Il vaut mieux que je ne boive pas. Tout me fait mal.

— Une toute petite liqueur ?

— C'est bien pour vous tenir compagnie... Du kummel, alors. Voulez-vous vous servir vous-même ?... Les bouteilles sont sur l'étagère. J'ai encore les jambes tellement enflées ce soir.

Elle se piquait le nez au kummel, voilà tout. Et lui aussi avait bu du kummel par politesse. Il en avait encore la nausée. Il se jurait de ne plus jamais avaler une goutte de kummel de sa vie.

Combien de petits verres avait-elle vidés sans en avoir l'air ? Elle parlait, de sa voix geignante d'abord, puis avec plus d'animation. De temps en temps, en regardant ailleurs, elle saisissait la bouteille et se servait. Jusqu'au moment où Maigret comprit et où il remplit son verre toutes les dix minutes.

Drôle de soirée. La bonne était couchée depuis longtemps. Le chat était roulé en boule sur les genoux de Mme Jeanne, le balancier de l'horloge allait et venait dans sa caisse vitrée, et la femme parlait, de Marius d'abord, son défunt mari, d'elle-même, jeune fille de bonne famille, qui avait raté, pour suivre Marius, un mariage avec un officier qui, depuis, était devenu général.

— Il est venu ici avec sa femme et ses enfants, voilà trois ans, quelques jours avant la mort de Marius. Il ne me reconnaissait pas.

De Bernadette Amorelle :

— Ils disent qu'elle est folle, mais ce n'est pas vrai. Seulement, elle a un drôle de caractère. Son mari était une grosse brute. C'est lui qui a créé, avec Campois, les grandes carrières de la Seine.

Elle n'était pas bête du tout, Mme Jeanne.

— Je sais maintenant ce que vous êtes venu faire ici... Tout le monde le sait... Je crois que vous perdez votre temps.

Elle parlait des Malik, d'Ernest et de Charles.

— Vous n'avez pas encore vu Charles ? Vous le verrez... Et sa femme, la plus jeune des demoiselles Amorelle, qui était Mlle Aimée. Vous les verrez. Nous sommes un tout petit pays, n'est-ce pas ? A peine un hameau. Et pourtant il s'y passe de curieuses choses. Oui, on a retrouvé Mlle Monita sur le barrage.

Non, elle, Mme Jeanne, ne savait rien. Est-ce qu'on peut jamais savoir ce qu'une jeune fille a dans la tête ?...

Elle buvait, Maigret buvait, l'écoutait parler, emplissait les verres, subissait comme un envoûtement et disait parfois :

— Je vous empêche d'aller vous coucher.

— Si c'est pour moi, vous n'avez pas à vous gêner. Je dors si peu avec toutes mes douleurs ! Mais si vous avez sommeil...

Il restait encore un peu. Et, quand ils étaient montés chacun par un escalier différent, il avait entendu un vacarme indiquant que Mme Jeanne s'étalait sur les marches.

Elle ne devait pas être levée encore. Il se décidait à sortir du lit et à se diriger vers la toilette, pour boire d'abord, pour boire de l'eau fraîche à longues gorgées, pour laver ensuite sa mauvaise sueur d'alcool, de kummel. Non ! jamais plus il ne toucherait à un verre de kummel.

Tiens ! quelqu'un venait d'arriver à l'auberge. Il entendait la voix de la servante qui disait :

— Puisque je vous répète qu'il dort encore...

Il se pencha par la fenêtre et vit, en conversation avec Raymonde, une femme de chambre en noir et en tablier blanc.

— C'est pour moi ? questionna-t-il.

Et la femme de chambre de prononcer, la tête levée :

— Vous voyez bien qu'il ne dort pas !

Elle tenait une lettre à la main, une enveloppe bordée de noir, et elle annonçait :

— Il y a une réponse.

Raymonde lui monta la lettre. Il avait passé son pantalon, et ses bretelles lui battaient sur les cuisses. Il faisait déjà chaud. Une fine vapeur montait de la rivière.

Voulez-vous venir me voir le plus tôt possible ? Il vaudrait mieux que vous suiviez ma femme de chambre qui vous conduira dans mon appartement, sinon on ne vous laisserait peut-être pas monter. Je sais que vous devez les rencontrer tous à midi.

Bernadette Amorelle.

Il suivait la femme de chambre, qui avait une quarantaine d'années et qui était très laide, qui avait les mêmes yeux en boutons de bottines que sa maîtresse. Elle ne prononçait pas une parole et semblait dire par son attitude :

« Inutile d'essayer de me faire parler. J'ai la consigne et je ne me laisserai pas faire. »

Ils longeaient le mur, franchissaient la grille, suivaient l'allée qui conduisait à la vaste demeure des Amorelle. Des oiseaux chantaient dans tous les arbres du parc. Le jardinier poussait une brouette de fumier.

La maison était moins moderne que celle d'Ernest Malik, moins fastueuse, comme déjà estompée par le brouillard du temps.

— Par ici...

Ils ne pénétraient pas par la grande porte qui surmontait le perron, mais par une petite porte de l'aile droite, et ils gravissaient un escalier aux murs garnis d'estampes du siècle dernier. Ils n'avaient pas encore atteint le palier qu'une porte s'ouvrait, que Mme Amorelle apparaissait, aussi droite, aussi catégorique que la veille.

— Vous y avez mis du temps, déclara-t-elle.

— Ce monsieur n'était pas prêt... Il a fallu que j'attende qu'il s'habille...

— Entrez par ici, commissaire. J'aurais cru qu'un homme comme vous se levait tôt.

C'était sa chambre, une chambre très vaste, à trois fenêtres. Le lit à colonnes était déjà fait. Des objets traînaient sur les meubles, et on sentait que la vie presque entière de la vieille dame se déroulait dans cette pièce, que c'était son domaine exclusif, dont elle n'entrouvrait pas volontiers la porte.

— Asseyez-vous. Mais si... Je déteste parler à quelqu'un qui reste debout. Vous pouvez fumer votre pipe, si c'est cela qui vous manque. Mon mari fumait la pipe du matin au soir. Cela sent moins mauvais que le cigare... Ainsi, vous avez déjà dîné chez mon neveu ?

Cela aurait pu être comique de se voir ainsi traité en petit garçon, mais Maigret, ce matin-là, n'avait pas le sens de l'humour.

— J'ai dîné avec Ernest Malik, en effet, laissa-t-il tomber, bourru.

— Qu'est-ce qu'il vous a dit ?

— Que vous étiez une vieille folle et que son fils Georges-Henry était presque aussi fou que vous.

— Vous l'avez cru ?

— Ensuite, comme je rentrais à l'*Ange,* quelqu'un, qui juge sans doute que ma carrière est assez fournie, a tiré un coup de feu dans ma direction. Je suppose que le jeune homme était ici ?

— Quel jeune homme ?... Vous voulez parler de Georges-Henry ? Je ne l'ai pas vu de la soirée.

— Son père a pourtant prétendu qu'il s'était réfugié chez vous...

— Si vous prenez tout ce qu'il dit pour parole d'Évangile...

— Vous n'avez pas de ses nouvelles ?

— Aucune, et je serais bien contente d'en avoir. En somme, qu'est-ce que vous avez appris ?

A ce moment-là, il la regarda et se demanda, sans savoir pourquoi, si elle désirait tellement qu'il apprît quelque chose.

— Il paraît, reprit-elle, que vous êtes très bien avec mon neveu Ernest.

— Nous étions dans la même classe au lycée de Moulins, et il s'obstine à me tutoyer comme quand nous avions douze ans.

Il était dans ses mauvais jours. La tête lui faisait mal. Sa pipe avait mauvais goût, et il avait dû partir pour suivre la femme de chambre sans boire son café, car il n'y en avait pas de prêt à *L'Ange*.

Il commençait à en avoir assez de cette famille où on s'espionnait mutuellement et où personne n'avait l'air de dire la vérité.

— J'ai peur pour Georges-Henry, murmurait-elle maintenant. Il aimait beaucoup sa cousine. Je ne suis pas sûre qu'il n'y ait rien eu entre eux.

— Il a seize ans.

Elle le toisa.

— Et vous croyez que cela empêche ?... Je n'ai jamais été aussi amoureuse qu'à seize ans et, si j'avais dû commettre une bêtise, c'est à cet âge-là que je l'aurais commise. Vous feriez bien de retrouver Georges-Henry.

Et lui, froid, presque sarcastique :

— Où me conseillez-vous de chercher ?

— C'est votre métier et pas le mien. Je me demande pourquoi son père a prétendu qu'il l'avait vu venir ici. Malik sait fort bien que ce n'est pas vrai.

Sa voix trahissait une réelle inquiétude. Elle allait et venait dans la chambre, mais, chaque fois que l'ex-commissaire faisait mine de se lever, elle lui répétait :

— Asseyez-vous.

Elle parlait comme pour elle-même.

— Ils ont organisé pour aujourd'hui un grand déjeuner. Charles Malik et sa femme y seront. Ils ont invité aussi le vieux Campois et cette vieille baderne de Groux. J'ai reçu un carton, moi aussi, ce matin à la première heure. Je me demande si Georges-Henry sera rentré.

— Vous n'avez rien d'autre à me dire, madame ?

— Qu'est-ce que cela signifie ?

— Rien. Lorsque vous êtes venue hier à Meung, vous avez laissé entendre que vous vous refusiez à croire que la mort de votre petite-fille était une mort naturelle.

Elle le regardait intensément, sans rien laisser percer de sa pensée.

— Et depuis que vous êtes ici, répliqua-t-elle avec un certain emportement, allez-vous dire que vous trouvez naturel ce qui s'y passe ?

— Je n'ai pas prétendu cela.

— Eh bien ! continuez. Allez à ce déjeuner.

— Vous y serez ?

— Je n'en sais rien. Regardez autour de vous. Ecoutez. Et, si vous êtes aussi fort qu'on le prétend...

Elle n'était pas contente de lui, c'était évident. Est-ce qu'il ne se montrait pas assez souple, assez respectueux de ses manies ? Etait-elle déçue qu'il n'eût encore rien découvert ?

Elle était nerveuse, inquiète, malgré son empire sur elle-même. Elle se dirigeait vers la porte, lui donnant ainsi congé.

— J'ai bien peur que ces crapules soient plus intelligentes que vous ! articula-t-elle en guise d'adieu. Nous verrons bien. A présent, je parie tout ce que vous voudrez que les autres vous attendent en bas.

C'était vrai. Il atteignait le corridor quand une porte s'ouvrit sans bruit. Une femme de chambre — qui n'était pas celle qui l'avait amené — lui disait avec révérence :

— M. et Mme Malik vous attendent dans le petit salon. Si vous voulez bien vous donner la peine de me suivre...

La maison était fraîche, les murs peints de couleurs passées, avec des portes sculptées, des trumeaux, des tableaux et des gravures partout. De moelleux tapis amortissaient les pas, et les persiennes ne laissaient pénétrer que juste ce qu'il fallait de lumière.

Une dernière porte. Il fit deux pas et se trouva en face de M. et Mme Malik, en grand deuil, qui l'attendaient.

Pourquoi eut-il non pas l'impression de la réalité, mais d'un tableau de famille savamment composé ? Il ne connaissait pas encore Charles Malik, chez qui il ne retrouvait aucun des traits de son frère, encore qu'il existât un air de famille. Il était un peu plus jeune, plus corpulent. Son visage sanguin était plus rose, et ses yeux, non pas gris comme ceux d'Ernest, mais d'un bleu presque candide.

Il n'avait pas non plus l'assurance de son frère et il avait des poches sous les yeux, une certaine mollesse des lèvres, de l'inquiétude dans le regard.

Il se tenait très droit devant la cheminée de marbre blanc, et sa femme était assise près de lui dans un fauteuil Louis XVI, les mains sur les genoux, comme pour une photographie.

L'ensemble respirait le chagrin, voire l'accablement. La voix de Charles Malik était hésitante.

— Entrez, monsieur le commissaire, et excusez-nous de vous avoir demandé de venir nous voir un moment.

Mme Malik, elle, ressemblait fort à sa sœur, mais en

plus fin, avec quelque chose de la vivacité de sa mère. Cette vivacité, en ce moment, était comme voilée, mais son deuil récent suffisait à l'expliquer. Elle tenait à la main droite un petit mouchoir roulé en boule, qu'elle allait pétrir durant tout leur entretien.

— Asseyez-vous, je vous en prie. Je sais que nous sommes appelés à nous rencontrer tout à l'heure chez mon frère. Moi tout au moins, car je doute que ma femme se sente le courage d'assister à ce déjeuner. Je n'ignore pas dans quelles conditions vous êtes arrivé ici et je voudrais...

Il regarda sa femme, qui se contenta de le regarder très simplement mais très fermement.

— Nous venons de vivre des journées très pénibles, monsieur le commissaire, et l'entêtement de ma belle-mère paraît nous promettre des épreuves plus pénibles encore. Vous l'avez vue. Je ne sais pas ce que vous en pensez.

Maigret, en tout cas, eut bien besoin de ne pas le lui dire, car il sentait que son interlocuteur commençait à perdre pied et appelait à nouveau sa femme à son secours.

— Maman, dit celle-ci, a quatre-vingt-deux ans, il ne faut pas l'oublier. On l'oublie trop facilement parce qu'elle a une vitalité exceptionnelle... Malheureusement, sa raison n'est pas toujours à la hauteur de son activité. La mort de ma fille, qui était sa préférée, l'a complètement bouleversée.

— Je m'en suis rendu compte, madame.

— Vous pouvez voir, maintenant, dans quelle atmosphère nous vivons depuis cette catastrophe. Maman s'est mise en tête qu'il y avait sous celle-ci Dieu sait quel mystère.

— Le commissaire a certainement compris, reprit Charles Malik. Ne t'énerve pas, ma chérie... Ma femme est très nerveuse, monsieur le commissaire. Nous le sommes tous en ce moment. Notre affection pour ma belle-mère nous empêche seule de prendre les mesures qui sembleraient s'imposer. C'est pourquoi nous vous demandons...

Maigret dressa l'oreille.

— ... Nous vous demandons... de bien peser le pour et le contre avant de...

Au fait ! Est-ce que ce n'était pas ce gros homme hésitant qui avait tiré la veille au soir sur le commissaire ? Cette idée qui lui venait soudain n'avait rien d'invraisemblable.

Ernest Malik était un animal à sang-froid et sans doute que, s'il eût tiré, il eût visé avec plus de précision. Celui-ci, au contraire...

— Je comprends votre situation, poursuivait le maître de maison, accoudé à la cheminée et plus portrait de famille que jamais. Elle est délicate, très délicate. En somme...

— En somme, trancha Maigret, avec son air le plus patelin, je me demande ce que je suis venu faire ici.

Il regardait l'autre en dessous et son tressaillement de joie ne lui échappa pas.

C'était exactement ce qu'on avait voulu lui faire dire. Que faisait-il là, en définitive ? Personne ne l'avait appelé, sinon une vieille femme de quatre-vingt-deux ans qui n'avait plus toute sa raison.

— Sans aller jusque-là, corrigeait Charles Malik, très homme du monde, étant donné que vous êtes un ami d'Ernest, je pense qu'il vaudrait mieux...

— J'écoute.

— Oui... Je pense qu'il serait convenable, mettons souhaitable, de ne pas trop entretenir ma belle-mère dans des idées que... qui...

— Vous êtes persuadé, monsieur Malik, que la mort de votre fille est absolument naturelle ?

— Je pense que c'est un accident.

Il avait rougi, mais il avait répondu avec fermeté.

— Et vous, madame ?

Le mouchoir n'était plus qu'une boule minuscule dans sa main.

— Je pense comme mon mari.

— Dans ce cas, évidemment...

Il leur donnait de l'espoir. Il les sentait se gonfler de l'espoir qu'il allait les débarrasser à jamais de sa lourde présence.

— ... Je suis bien obligé de me rendre à l'invitation de votre frère. Ensuite, si rien ne vient, si aucun fait nouveau ne requiert ma présence...

Il se levait, presque aussi mal à l'aise qu'eux. Il avait hâte d'être dehors, de respirer largement.

— Je vous reverrai donc tout à l'heure, disait Charles Malik. Je m'excuse de ne pas vous accompagner, mais j'ai encore à faire.

— Je vous en prie. Madame, mes hommages.

Il était encore dans le parc, à se diriger vers la Seine, lorsqu'il entendit un bruit qui le frappa. C'était celui de la manivelle d'un téléphone rural, avec la brève sonnerie annonçant que l'appel était entendu.

« Il téléphone à son frère pour le mettre au courant », pensa-t-il.

Et il croyait deviner les mots :

« Ça y est ! Il va s'en aller. Il l'a promis. Du moment qu'il ne se passe rien au déjeuner. »

Un remorqueur traînait ses huit chalands vers la haute Seine, et c'était un remorqueur à triangle vert, un remorqueur Amorelle et Campois ; les chalands étaient, eux aussi, des chalands Amorelle et Campois.

Il n'était que onze heures et demie. Il n'avait pas le courage de passer à *L'Ange*, où d'ailleurs il n'avait rien à faire. Il suivait la berge en ruminant des pensées confuses. Il s'arrêta comme un badaud devant le luxueux plongeoir d'Ernest Malik. Il tournait le dos à la maison de celui-ci.

— Eh bien ! Maigret ?

C'était Ernest Malik, vêtu cette fois d'un complet gris en fil à fil, chaussé de daim blanc, coiffé d'un panama.

— Mon frère vient de me téléphoner.

— Je sais.

— Il paraît que tu en as déjà par-dessus la tête des histoires de ma belle-mère.

Il y avait quelque chose de contenu dans la voix, quelque chose d'appuyé dans le regard.

— Si je comprends bien, tu as envie d'aller retrouver ta femme et tes salades ?

Alors, sans savoir pourquoi (c'est peut-être cela qu'on appelle l'inspiration), Maigret, se faisant plus lourd, plus épais, plus inerte que jamais :

— Non.

Malik marqua le coup. Tout son sang-froid ne parvint pas à l'empêcher de marquer le coup. Un instant, il eut l'air de quelqu'un qui essaie d'avaler sa salive, et on vit sa pomme d'Adam monter et redescendre deux ou trois fois.

— Ah !...

Un bref regard autour d'eux, mais ce n'était pas dans l'intention de pousser Maigret dans la Seine.

— Nous avons encore un bon moment devant nous, avant que les invités arrivent. Nous déjeunons tard d'habitude. Viens un instant dans mon bureau.

Pas un mot ne fut prononcé tandis qu'ils traversaient le parc. Maigret entrevit Mme Malik qui arrangeait des fleurs dans les vases du salon.

Ils contournaient la villa, et Malik précédait son hôte dans un bureau assez vaste, aux profonds fauteuils de cuir, aux murs ornés de maquettes de bateaux.

— Tu peux fumer...

Il refermait la porte avec soin, baissait à demi les persiennes, car le soleil entrait à flots dans la pièce.

Enfin il s'asseyait à son bureau et jouait avec un coupe-papier en cristal.

Maigret s'était assis sur le bras d'un fauteuil et bourrait lentement sa pipe avec un air aussi vide de pensée que possible. Comme le silence durait depuis un bon moment, il demanda avec douceur :

— Où est ton fils ?

— Lequel ?

Puis, se reprenant :

— Il ne s'agit pas de mon fils.

— Il s'agit de moi.

— Que veux-tu dire ?

— Rien.

— Eh bien ! oui, il s'agit de toi.

Et, à côté de l'homme élégant, à la silhouette nerveuse, au visage fin et soigné, Maigret faisait vraiment figure de balourd.

— Combien m'offres-tu ?

— Qui est-ce qui t'a dit que je comptais t'offrir quelque chose ?

— Je le suppose.

— Pourquoi pas, après tout ? L'administration n'est pas très généreuse. Je ne sais pas combien elle te verse comme retraite.

Et Maigret, toujours doux et humble :

— Trois mille deux.

Il ajouta, il est vrai, avec une candeur désarmante :

— Bien entendu, nous avons quelques économies.

Cette fois, Ernest Malik était vraiment troublé. Ce lui semblait trop facile. Il avait l'impression que son ancien condisciple se moquait de lui. Et pourtant...

— Ecoute...

— Je suis tout oreilles...

— Je sais bien ce que tu vas penser.

— Je pense si peu !

— Tu vas t'imaginer que tu me gênes, que j'ai

quelque chose à cacher. Et quand bien même cela serait ?

— Oui, quand bien même cela serait ? Cela ne me regarde pas, n'est-il pas vrai ?

— Tu ironises ?

— Jamais.

— Tu perdrais ton temps avec moi, vois-tu. Tu te crois probablement très malin. Tu as réussi une carrière honorable en poursuivant des voleurs et des assassins. Eh bien ! ici, mon pauvre Jules, il n'y a ni voleurs, ni assassins. Comprends-tu ? Tu tombes, par le plus grand des hasards, dans un milieu que tu ne connais pas et où tu risques de faire beaucoup de mal. Voilà pourquoi je te dis...

— Combien ?

— Cent mille.

Il ne broncha pas, hochant la tête avec hésitation :

— Cent cinquante. J'irais jusqu'à deux cent mille.

Il s'était levé, nerveux, crispé, jouant toujours avec le coupe-papier qui, soudain, se brisa entre ses doigts. Une goutte de sang perla à l'index, et Maigret remarqua :

— Tu t'es fait mal...

— Tais-toi. Ou plutôt réponds à ma question. Je te signe un chèque de deux cent mille francs. Pas un chèque ? Peu importe... La voiture nous conduit tout à l'heure à Paris, où je passe prendre les fonds à ma banque. Je te reconduis à Meung.

Maigret soupirait.

— Qu'est-ce que tu réponds ?

— Où est ton fils ?

Cette fois, Malik ne put contenir sa colère.

— Cela ne te regarde pas. Cela ne regarde personne, tu entends ? Je ne suis pas dans ton bureau du Quai des Orfèvres et tu n'y es plus toi-même. Je te demande de t'en aller parce que ta présence ici est pour le moins inopportune. Les esprits travaillent. Les gens se demandent...

— Qu'est-ce qu'ils se demandent au juste ?

— Une dernière fois, je te propose de t'en aller gentiment. Je suis prêt, pour cela, à t'offrir une large compensation. C'est oui ou c'est non.

— C'est non, bien entendu.

— Fort bien. Dans ce cas, je suis obligé d'employer un autre ton.

— Ne te gêne pas.

— Je ne suis pas un enfant de chœur et je ne l'ai jamais été. Sinon, je ne serais pas devenu ce que je suis. Or, par ton obstination, par ta bêtise, oui, par ta bêtise, tu risques de déclencher des malheurs que tu ne soupçonnes même pas. Et tu es content, toi, n'est-ce pas ? Tu te crois toujours à la P.J. à cuisiner je ne sais quel petit escarpe ou bien quelque jeune voyou qui a étranglé une vieille femme.

» Je n'ai étranglé personne, sache-le. Je n'ai volé personne non plus.

— Dans ce cas...

— Silence ! Tu veux rester, donc tu resteras. Tu continueras à fourrer ton gros nez partout. Seulement, ce sera à tes risques et périls.

» Vois-tu, Maigret, je suis beaucoup plus fort que toi et je l'ai prouvé.

» Si j'avais été fait de la même pâte que la tienne, je serais devenu un brave petit percepteur des contributions directes comme mon père.

» Occupe-toi de ce qui ne te regarde pas, soit !

» Ce sera à tes risques et périls.

Il avait retrouvé son calme apparent et ses lèvres avaient à nouveau leur retroussis sarcastique.

Maigret, qui s'était levé, cherchait son chapeau autour de lui.

— Où vas-tu ?

— Dehors.

— Tu ne déjeunes pas avec nous ?

— Je préfère déjeuner ailleurs.

— Comme tu voudras. En cela encore, vois-tu, tu es petit. Petit et mesquin.

— C'est tout ?

— Pour cette fois-ci, oui.

Et, son chapeau à la main, il se dirigea tranquillement vers la porte. Il l'ouvrit, sortit sans se retourner. Dehors, une silhouette s'éloignait vivement, et il eut le temps de reconnaître Jean-Claude, le fils aîné, qui avait dû se tenir pendant toute cette conversation sous la fenêtre ouverte et qui avait entendu.

Il contourna à son tour la villa, et, dans l'allée principale, croisa deux hommes qu'il ne connaissait pas encore.

L'un des deux était petit, trapu, avec un cou énorme et de grosses mains vulgaires : M. Campois sans doute, car il ressemblait à la description que Jeanne lui en avait faite la veille au soir. L'autre, qui devait être son petit-fils, était un grand garçon au visage ouvert.

Tous deux le regardèrent avec un certain étonnement, qui se dirigeait paisiblement vers la grille, puis tous deux se retournèrent sur lui, s'arrêtèrent même pour l'observer.

« Et voilà une bonne chose de faite ! », se dit Maigret en s'éloignant le long de la Seine.

Une barque traversait le fleuve, conduite par un vieil homme en costume de toile jaunâtre, à la cravate du plus beau rouge. C'était M. Groux, qui arrivait à son tour au rendez-vous. Ils y seraient tous, sauf lui, pour qui, justement, ce déjeuner était organisé.

Et Georges-Henry ? Maigret commençait à hâter le pas. Il n'avait pas faim, mais terriblement soif. En tout cas, il se jurait que, quoi qu'il arrive, il ne boirait plus de petits verres de kummel avec la vieille Jeanne.

Quand il entra à *L'Ange,* il ne vit pas la patronne à sa place habituelle près de la vieille horloge. Il passa la tête par l'entrebâillement de la porte de la cuisine, et Raymonde lui lança :

— Je croyais que vous ne déjeuniez pas ici ?

Puis, levant ses gros bras au ciel :

— Je n'ai rien préparé. Justement Madame est malade et ne veut pas descendre.

Il n'y avait même pas de bière dans la maison.

4

LE CHENIL DU HAUT

IL AURAIT ETE DIFFICILE DE dire comment ça s'était fait : toujours est-il que Maigret et Raymonde étaient maintenant une paire d'amis. Il y a une heure encore, elle avait bonne envie de lui interdire l'entrée de sa cuisine.

— Puisque je vous dis que je n'ai rien à manger.

Au surplus, elle n'aimait pas les hommes. Elle trouvait qu'ils étaient brutaux et qu'ils sentaient mauvais. La plupart, même des gens mariés, qui venaient à *L'Ange*, essayaient de la caresser et elle en était écœurée.

Elle avait voulu se faire bonne sœur. Elle était grande et molle malgré sa vigueur apparente.

— Qu'est-ce que vous cherchez ? s'impatientait-elle en voyant le commissaire planté sur ses deux jambes devant le placard ouvert.

— Un petit reste de quelque chose. N'importe quoi. Il fait si chaud que je n'ai pas le courage d'aller manger à l'écluse.

— Si vous croyez qu'il y a des restes ici ! D'abord, en principe, la maison est fermée. Plus exactement, elle est en vente. Depuis trois ans. Et chaque fois qu'on est sur le point de vendre, la patronne hésite, cherche des objections et finit par dire non. Elle n'a pas besoin de ça pour vivre, allez !

— Qu'est-ce que vous allez manger, vous ?

— Du pain et du fromage.

— Vous croyez qu'il n'y en aura pas assez pour nous deux ?

Il avait l'air doux, avec son visage un peu congestionné et ses gros yeux. Il s'était installé comme chez lui dans la cuisine, et c'est en vain que Raymonde avait dit :

— Sortez de là, que le ménage n'est pas fait. Je vais mettre votre couvert dans la salle à manger.

Il s'était obstiné.

— Je vais voir s'il ne reste pas une boîte de sardines, mais ce serait bien un hasard. Il n'y a pas de boutiques aux environs. Le boucher, le charcutier et même l'épicier de Corbeil viennent livrer dans les grosses maisons, chez les Malik, chez les Campois. Avant, ils s'arrêtaient ici et on était ravitaillés. Mais la patronne finit par ne plus rien manger et elle pense que les autres n'ont qu'à faire comme elle. Attendez que je m'assure qu'il n'y a pas d'œufs au poulailler.

Il y en avait trois. Maigret insistait pour faire l'omelette, et elle riait en le regardant battre les œufs, jaune et blanc séparément.

— Pourquoi est-ce que vous n'êtes pas allé déjeuner chez les Malik, puisque vous êtes invité ? Il paraît qu'ils ont un cuisinier qui a été chef du roi de Norvège ou de Suède, je ne sais plus.

— Je préfère rester ici à faire la dînette avec vous.

— Dans la cuisine ! Sur une table sans nappe.

C'était pourtant vrai. Et Raymonde, sans s'en douter, lui apportait une aide précieuse. Ici, il était à son aise. Il avait retiré sa veste et retroussé les manches de sa chemise. De temps en temps, il se levait pour verser l'eau bouillante sur le café.

— Je me demande ce qui la retient ici, avait dit, entre autres choses, Raymonde, en parlant de la vieille Jeanne. Elle a plus d'argent qu'elle n'en dépensera jamais, pas d'enfants, pas d'héritiers, car il y a longtemps qu'elle a mis ses neveux à la porte.

C'étaient des traits comme ça qui, se joignant à des souvenirs de la veille, à des détails insignifiants, achevaient pour Maigret de donner sa densité réelle au personnage de l'aubergiste.

Elle avait été belle, Raymonde l'avait dit aussi. Et c'était vrai. Cela se sentait malgré la cinquantaine mal soignée, malgré les cheveux gras et la peau incolore.

Une femme qui avait été belle, qui était intelligente et qui, soudain, s'était laissée aller, qui buvait, qui vivait farouchement dans son coin, à geindre et à boire jusqu'à en rester couchée des journées entières.

— Elle ne se décidera jamais à quitter Orsenne.

Eh bien ! quand tous les personnages auraient pris à ses yeux la même densité humaine, quand il les « sentirait » comme il sentait la patronne de *L'Ange*, le mystère serait bien près d'être éclairci.

Il y avait Bernadette Amorelle, qu'il n'était pas loin de comprendre.

— Le vieux M. Amorelle, qui est mort, n'était pas du tout un homme dans le genre de ses gendres. Plutôt dans le genre de M. Campois. Je ne sais pas si vous comprenez. Il était dur, mais juste. Il lui arrivait d'aller à l'écluse bavarder avec ses mariniers et il n'hésitait pas à boire le coup avec eux.

La première génération, en somme, la génération montante. La grande maison solide, sans faste exagéré.

Puis l'autre génération, les deux filles qui avaient épousé les frères Malik, la villa moderne, le ponton, les autos de grand luxe.

— Dites-moi, Raymonde, vous connaissiez bien Monita ?

— Bien sûr que je la connaissais. Je l'ai vue toute gamine, car il y a sept ans que je suis à *L'Ange* et, il y a sept ans, elle n'avait guère plus de dix ans. Un vrai garçon... Elle échappait toujours à sa gouvernante et on la cherchait partout. Il arrivait que tous les domestiques fussent envoyés le long de la Seine à appeler Monita. Le plus souvent elle faisait ses coups avec son cousin Georges-Henry.

Celui-là non plus, Maigret ne l'avait jamais vu. On le lui décrivait.

— Il n'était pas tiré à quatre épingles comme son frère, allez ! Presque toujours en short, et en short pas très propre, avec ses jambes nues, ses cheveux ébouriffés. Il avait une peur de son père !

— Monita et Georges-Henry étaient-ils amoureux ?

— Je ne sais pas si Monita était amoureuse. Une femme ça cache mieux ses sentiments. Mais lui, l'était certainement.

Il faisait calme dans cette cuisine où ne pénétrait qu'un rayon de soleil en biais. Maigret fumait sa pipe, les coudes sur la table de gros bois ciré, buvait son café à petites gorgées.

— Vous l'avez vu depuis la mort de sa cousine ?

— Je l'ai vu à l'enterrement. Il était très pâle, les yeux rouges. Au beau milieu de l'office, il s'est mis à sangloter. Au cimetière, au moment où on défilait devant la fosse ouverte, il a saisi soudain les fleurs à pleines brassées et les a jetées sur le cercueil.

— Et depuis ?

— Je crois qu'on ne le laisse pas sortir.

Elle regardait Maigret avec curiosité. Elle avait entendu dire que c'était un grand policier, qu'au cours de sa carrière il avait arrêté des centaines de criminels, qu'il avait débrouillé les affaires les plus compliquées. Et cet homme était là, en négligé, dans sa cuisine, à fumer sa pipe et à lui parler familièrement, à lui poser des questions banales.

Que pouvait-il espérer ? Elle n'était pas loin

d'avoir à son égard un tout petit peu de pitié. Sans doute vieillissait-il, puisqu'on l'avait mis à la retraite.

— Maintenant, il faut que je fasse ma vaisselle, puis que je lave les carreaux.

Il ne s'en allait pas et son visage était toujours aussi placide, comme aussi vide de pensées.

— En somme, grommela-t-il soudain à mi-voix, Monita est morte et Georges-Henry a disparu.

Elle leva la tête vivement.

— Vous êtes sûr qu'il a disparu ?

Et lui se levait, changeait d'attitude, se durcissait, paraissait tout à coup décidé.

— Ecoutez-moi un instant, Raymonde. Attendez. Donnez-moi un crayon et un papier.

Elle arracha une page d'un carnet graisseux qui lui servait pour tenir ses comptes. Elle ne comprenait pas où il voulait en venir.

— Hier... Voyons... Nous en étions au fromage. Il était donc à peu près neuf heures du soir... Georges-Henry a sauté par la fenêtre de sa chambre et est parti en courant.

— De quel côté ?

— Vers la droite. S'il était descendu vers la Seine, je l'aurais vu traverser le parc. S'il était parti vers la gauche, je l'aurais vu aussi, car la salle à manger a des fenêtres des deux côtés. Attendez... Son père l'a suivi. Ernest Malik est resté douze minutes absent. Il est vrai que, sur ces douzes minutes, il a pris le temps de changer de pantalon et de se donner un coup de peigne. Pour cela, il a dû monter dans sa chambre. Au moins trois ou quatre minutes. Réfléchissez bien avant de répondre, vous qui connaissez le pays. Par où Georges-Henry aurait-il pu se diriger s'il avait l'intention de quitter Orsenne ?

— A droite, c'est la maison de sa grand-mère et de son oncle, dit-elle d'abord en regardant le plan rudimentaire qu'il traçait tout en parlant. Entre les

60

deux parcs, il n'y a pas de mur, mais une haie vive qu'on peut traverser à deux ou trois endroits.

— Et ensuite ?

— Du parc voisin, il a pu gagner le chemin de halage. En le suivant, on arrive à la gare.

— On ne peut pas quitter le chemin avant la gare ?

— Non... A moins de prendre un bateau et de traverser la Seine.

— Est-il possible de partir dans le fond du parc ?

— Si on dispose d'une échelle, au fond des deux parcs, c'est la ligne de chemin de fer. Chez les Amorelle, comme chez les Malik, il y a un mur trop haut pour qu'on puisse le franchir.

— Encore un renseignement. Quand je suis rentré une heure plus tard, il y avait une barque sur l'eau. J'ai entendu qu'on jetait l'épervier.

— C'est Alphonse, le fils de l'éclusier.

— Je vous remercie, Raymonde. Si cela ne vous ennuie pas, nous dînerons ensemble.

— Puisqu'il n'y a rien à manger.

— Il y a une épicerie à côté de l'écluse. J'achèterai ce qu'il faudra.

Il était content de lui. Il avait l'impression d'avoir repris pied sur la terre ferme, et Raymonde le vit s'éloigner à pas lourds en direction de l'écluse. Le barrage se trouvait à cinq cents mètres environ. Il n'y avait aucun bateau dans le sas, et l'éclusier, assis sur les pierres bleues de son seuil, taillait un bout de bois pour un de ses gamins, tandis qu'on voyait une femme aller et venir, un bébé sur les bras, dans l'ombre de la cuisine.

— Dites-moi... commença l'ancien commissaire.

L'autre s'était déjà levé et avait touché sa casquette.

— Vous venez au sujet de la demoiselle, n'est-ce pas ?

On le connaissait déjà dans le pays. Tout le monde était averti de sa présence.

— Ma foi, oui et non... Je suppose que vous ne savez rien à son sujet ?

— Sinon que je l'ai trouvée là, tenez. Près de la troisième aiguille du barrage. Cela m'a donné un choc, parce qu'on la connaissait bien. Souvent elle franchissait l'écluse pour descendre jusqu'à Corbeil avec son canoë.

— Votre fils était sur l'eau hier soir ?

L'homme se montra embarrassé.

— Ne craignez rien. Je ne m'occupe pas de braconnage. Je l'ai aperçu vers dix heures, mais je voudrais savoir s'il était déjà dehors une heure plus tôt.

— Il va vous le dire lui-même. Vous le trouverez dans son atelier, cent mètres plus bas. C'est lui le constructeur de bateaux.

Un atelier en planches où deux hommes étaient occupés à terminer une barque de pêche à fond plat.

— J'étais sur l'eau avec Albert, oui... c'est mon apprenti. Nous avons d'abord mis des nasses, puis en revenant...

— Si quelqu'un avait traversé la Seine en bateau, vers neuf heures, entre la maison des Malik et l'écluse, est-ce que vous l'auriez vu ?

— Certainement. D'abord, il ne faisait pas encore noir. Ensuite, même si nous ne l'avions pas vu, nous l'aurions entendu. Quand on pêche comme nous pêchons, on a l'oreille fine et...

Dans la petite épicerie où se fournissaient les mariniers, Maigret acheta des conserves, des œufs, du fromage, du saucisson.

— On voit bien que vous êtes à *L'Ange !* remarqua la commerçante. Il n'y a jamais rien à manger dans cette auberge-là. Ils feraient mieux de fermer tout à fait.

Il monta à la gare. Ce n'était qu'une halte, avec une maisonnette de garde-barrière.

— Non, monsieur, il n'est passé personne vers cette heure-là, ni jusque dix heures et demie du soir. J'étais assis sur une chaise devant la maison avec ma femme. M. Georges-Henry ? Sûrement pas lui. Nous le connaissons bien et, d'ailleurs, il n'aurait pas manqué de nous causer, car il nous connaît aussi et il n'est pas fier.

Maigret, pourtant, s'obstina. Il regardait par-dessus les haies, interpellait de braves gens, presque tous des retraités, qui travaillaient dans leur jardin.

— M. Georges-Henry ? Non, on ne l'a pas vu. Est-ce qu'il aurait disparu comme sa cousine ?

Une grosse auto passa. C'était celle d'Ernest Malik, mais ce n'était pas celui-ci, c'était son frère qui se trouvait à l'intérieur et qui filait vers la route de Paris.

Quand Maigret rentra à *L'. .nge,* il était sept heures du soir, et Raymonde éclata de rire en le voyant vider ses poches lourdes de provisions.

— Avec ça, dit-elle, nous allons pouvoir faire la dînette.

— La patronne est toujours dans son lit ? Personne n'est venu la voir ?

Raymonde hésita un instant.

— M. Malik est venu tout à l'heure. Quand je lui ai dit que vous étiez parti vers l'écluse, il est monté. Ils sont restés tous les deux un quart d'heure à chuchoter, mais je n'ai pas pu entendre ce qu'ils disaient.

— Cela lui arrive souvent de venir voir Jeanne ?

— Quelquefois, comme ça, en passant. Vous n'avez pas de nouvelles de Georges-Henry ?

Il alla fumer une pipe dans le jardin en attendant le dîner. Bernadette Amorelle paraissait sincère quand elle lui avait déclaré qu'elle n'avait pas vu son petit-fils. Cela ne prouvait rien, certes. Maigret n'était pas loin de croire qu'ils mentaient tous, autant qu'ils étaient.

Pourtant, il avait l'impression que c'était vrai.

Il y avait à Orsenne, dans l'entourage des Malik, quelque chose à cacher, à cacher coûte que coûte. Est-ce que cela se rapportait à la mort de Monita ? C'était possible, mais ce n'était pas fatal.

Toujours est-il qu'il y avait eu une première fuite. La vieille Mme Amorelle avait profité de l'absence de sa fille et de son gendre pour se faire conduire à Meung dans l'antique limousine et pour appeler Maigret au secours.

Or, le jour même, alors que l'ancien commissaire se trouvait dans la maison d'Ernest Malik, il y avait eu une seconde fuite. Cette fois, il s'agissait de Georges-Henry.

Pourquoi son père avait-il déclaré que le jeune homme était chez sa grand-mère ? Pourquoi, dans ce cas, ne l'avait-il pas amené ? Et pourquoi ne l'avait-il pas revu le lendemain ?

Tout cela était encore confus, certes. Ernest Malik avait raison quand il regardait Maigret avec un sourire à la fois sarcastique et méprisant. Ce n'était pas une affaire pour lui. Il n'y était pas à son aise. Il s'agissait d'un monde qu'il ne connaissait pas, qu'il avait de la peine à reconstituer.

Jusqu'au décor qui le choquait par ce qu'il y sentait d'artificiel. Ces grosses villas aux parcs déserts, aux persiennes closes, ces jardiniers qui allaient et venaient dans les allées, ce ponton, ces bateaux minuscules et trop bien vernis, ces autos luisantes qui attendaient dans les garages...

Et ces gens qui se tenaient, ces frères et ces belles-sœurs qui se détestaient peut-être, mais qui s'avertissaient du danger et qui faisaient bloc contre lui.

Ils étaient en grand deuil par surcroît. Ils avaient pour eux la dignité du deuil et de la douleur. A quel titre, de quel droit venait-il rôder autour d'eux et fourrer son nez dans leurs affaires ?

Il avait failli renoncer tout à l'heure, au moment, précisément, où il rentrait à *L'Ange* pour déjeuner.

Et c'était l'atmosphère de la cuisine, avec son laisser-aller et son désordre, c'était Raymonde facile à apprivoiser, c'étaient les mots qu'elle avait prononcés, comme ça, sans s'en douter, les coudes sur la table, qui l'avaient retenu. Qu'il avait retenus.

Elle avait parlé de Monita qui avait l'air d'un garçon et qui s'échappait avec son cousin. De Georges-Henry en short douteux, à la tignasse hirsute.

Or Monita était morte et Georges-Henry avait disparu.

Il le chercherait. Il le trouverait. Cela, du moins, c'était son métier. Il avait fait le tour d'Orsenne. Il avait maintenant la quasi-certitude que le jeune homme n'était pas parti. A moins de supposer qu'il s'était terré dans quelque coin en attendant la nuit et qu'alors il avait pu s'éloigner sans être vu.

Maigret mangea avec appétit, toujours dans la cuisine, toujours en tête à tête avec Raymonde.

— Si la patronne nous voyait, elle ne serait pas contente, remarqua la servante. Elle m'a demandé tout à l'heure ce que vous aviez mangé. Je lui ai dit que je vous avais servi deux œufs sur le plat dans la salle à manger. Elle m'a demandé aussi si vous ne parliez pas de vous en aller.

— Avant ou après la visite de Malik ?

— Après...

— Dans ce cas, je parie que demain elle ne descendra pas encore.

— Elle est descendue tout à l'heure. Je ne l'ai pas vue. J'étais au fond du jardin. Mais j'ai remarqué qu'elle était descendue.

Il sourit. Il avait compris. Il imaginait Jeanne descendant sans bruit, après avoir guetté la sortie de sa servante, pour venir prendre une bouteille sur l'étagère !

— Je rentrerai peut-être tard, annonça-t-il.

— Ils vous ont à nouveau invité ?

— Je ne suis pas invité, non. Mais j'ai envie d'aller faire un tour.

Il se promena d'abord sur le chemin de halage en attendant la nuit. Puis il se dirigea vers le passage à niveau, où il vit le garde, dans l'ombre, assis près de sa porte, à fumer une pipe à long tuyau.

— Cela ne vous ennuie pas que j'aille faire un tour le long de la voie ?

— Ma foi, ce n'est pas réglementaire, mais du moment que vous êtes de la police, n'est-ce pas ? Attention qu'il y a un train qui passe à dix heures dix-sept.

Il n'eut que trois cents mètres à parcourir pour apercevoir le mur de la première propriété, celui de Mme Amorelle et de Charles Malik. La nuit n'était pas tout à fait tombée, mais, dans les maisons, il y avait longtemps qu'on avait allumé les lampes.

Il y avait de la lumière au rez-de-chaussée. Une des fenêtres du premier étage, une fenêtre de la chambre de la vieille dame, était grande ouverte, et c'était assez curieux de découvrir ainsi de loin, à travers le bleuté de l'air et le calme du parc, l'intimité d'un appartement où les meubles et les objets semblaient comme figés dans un éclairage jaunâtre.

Il s'attarda quelques instants à observer. Une silhouette passa dans le champ de son regard, et ce n'était pas celle de Bernadette, mais celle de sa fille, la femme de Charles, qui allait et venait nerveusement et qui paraissait parler avec véhémence.

La vieille dame devait être dans son fauteuil, ou dans son lit, ou dans un des coins de la chambre qu'il n'apercevait pas.

Il marcha encore le long du ballast et ce fut le second parc, celui d'Ernest Malik, moins touffu, plus aéré, avec ses allées larges et soigneusement entretenues. Ici aussi, il y avait des lumières, mais elles ne faisaient que filtrer à travers les lames des persiennes et on ne pouvait rien voir à l'intérieur.

Dans le parc même, qu'il dominait, caché derrière de jeunes noisetiers qui poussaient le long de la voie, Maigret aperçut deux hautes silhouettes blanches et silencieuses, et il se souvint des danois qui, la veille, étaient venus lécher les mains de leur maître.

Sans doute les lâchait-on toutes les nuits et devaient-ils être féroces.

A droite, au fond du parc, se dressait une maisonnette que le commissaire n'avait pas encore vue et qui était sans doute celle des jardiniers et du chauffeur.

Une lumière, là encore, une seule, qui s'éteignit une demi-heure plus tard.

On ne voyait pas encore la lune, et pourtant la nuit était moins noire que la précédente. Maigret, paisiblement, s'était assis sur le talus, en face des noisetiers qui le cachaient et qu'il pouvait écarter de la main comme un rideau.

Le train de dix heures dix-sept passa à moins de trois mètres de lui et il regarda son feu rouge qui disparaissait au tournant de la voie.

Les quelques lumières d'Orsenne s'éteignaient les unes après les autres. Le vieux Groux ne devait pas chasser le ramier ce soir-là, car le calme de la nuit ne fut troublé par aucun coup de feu.

Enfin, alors qu'il était près de onze heures, les deux chiens, qui s'étaient couchés côte à côte au bord d'une pelouse, se levèrent d'un même mouvement et se dirigèrent vers la maison.

Ils disparurent un moment derrière celle-ci, et, quand le commissaire les revit, les deux bêtes escortaient en gambadant une silhouette d'homme qui marchait à pas pressés et qui semblait venir droit vers lui.

C'était Ernest Malik, à n'en pas douter. La silhouette était trop mince et trop nerveuse pour être celle d'un des domestiques. Il portait des souliers à semelles de caoutchouc et il marchait sur les pelouses, portant à la main un objet qu'il était impossible de distinguer, mais qui était assez volumineux.

Un bon moment, Maigret se demanda où Malik pouvait bien aller de la sorte. Il le vit soudain obliquer à droite et approcher si près du mur qu'il entendait la respiration des deux chiens.

— Paix, Satan... Paix, Lionne.

Il y avait là, entre les arbres, une petite construction en briques qui devait être antérieure à la villa, un bâtiment bas, couvert de vieilles tuiles, d'anciennes écuries peut-être, ou un chenil ?

« Un chenil, se dit Maigret. Il vient tout simplement apporter à manger aux bêtes. »

Mais non ! Malik repoussait les chiens, tirait une clef de sa poche, pénétrait dans le bâtiment. On entendit nettement la clef tourner dans la serrure. Puis ce fut le silence, un silence très long, pendant lequel la pipe de Maigret s'éteignit sans qu'il osât la rallumer.

Une demi-heure s'écoula de la sorte, et enfin Malik sortit de la cabane dont il referma la porte avec soin derrière lui et, après avoir observé les alentours, se dirigea à pas rapides vers la villa.

A onze heures et demie, tout dormait ou semblait dormir et, quand Maigret repassa derrière le parc des Amorelle, il n'y avait plus qu'une toute petite lumière en veilleuse dans la chambre de la vieille Bernadette.

Pas de lumière non plus à *L'Ange*. Il se demandait comment il allait rentrer, quand la porte s'ouvrit sans bruit. Il aperçut, devina plutôt Raymonde, en chemise de nuit, pieds nus dans des pantoufles, qui mettait un doigt sur ses lèvres et qui lui soufflait :

— Montez vite. Ne faites pas de bruit. Elle ne voulait pas que je laisse la porte ouverte.

Il aurait bien voulu s'attarder, lui poser des questions, boire quelque chose, mais un craquement dans la chambre de Jeanne effraya la jeune fille, qui se précipita dans l'escalier.

Alors il resta un bon moment immobile. L'air sentait les œufs frits avec une petite pointe d'alcool. Pourquoi pas ? Il craqua une allumette, prit une bouteille sur l'étagère et la mit sous son bras pour monter se coucher.

La vieille Jeanne remuait dans sa chambre. Elle devait savoir qu'il était rentré. Mais il n'avait aucune envie d'aller lui tenir compagnie.

Il retira son veston, son col, sa cravate, lâcha ses bretelles sur ses reins et, dans son verre à dents, mélangea de la fine et de l'eau.

Une dernière pipe, accoudé à l'appui de la fenêtre, à contempler vaguement la verdure qui bruissait faiblement.

A sept heures seulement il s'éveilla en entendant Raymonde qui allait et venait dans la cuisine. La pipe à la bouche — la première pipe, la meilleure —, il descendit et lança un joyeux bonjour.

— Dites-moi, Raymonde, vous qui connaissez toutes les maisons du pays...

— Je les connais sans les connaître.

— Bon. Au fond du parc d'Ernest Malik, il y a d'un côté la maison des jardiniers.

— Oui. Le chauffeur et les domestiques y couchent également. Pas les femmes de chambre, qui dorment dans la villa.

— Mais de l'autre côté, près du talus du chemin de fer ?

— Il n'y a rien.

— Il y a un bâtiment très bas. Une sorte de cabane toute en longueur.

— Le chenil du haut, dit-elle.

— Qu'est-ce que le chenil du haut ?

— Dans le temps, bien avant que je vienne ici, les deux parcs n'en faisaient qu'un. C'était le parc des Amorelle. Le vieil Amorelle était chasseur. Il y avait

69

deux chenils, celui du bas, comme on disait, pour les chiens de garde, et celui du haut pour les chiens de chasse.

— Ernest Malik ne chasse pas ?

— Pas ici, où il n'y a pas assez de gibier pour lui. Il possède un pavillon et des chiens en Sologne.

Quelque chose, pourtant, le chiffonnait.

— Le bâtiment est en bon état ?

— Je ne me souviens pas. Il y a longtemps que je ne suis allée dans le parc. Il y avait une cave où...

— Vous êtes sûre qu'il y a une cave ?

— Il y en avait une, en tout cas. Je le sais parce que les gens racontaient qu'un trésor était caché dans le parc. Il faut vous dire qu'avant que M. Amorelle fasse construire, il y a quarante ans et peut-être plus, il existait déjà une sorte de petit château en ruine. On prétendait qu'au temps de la Révolution des gens du château avaient caché leur trésor dans le parc. A un certain moment, M. Amorelle s'en est occupé et a fait venir des sourciers. Tous affirmaient que c'était dans la cave du chenil du haut qu'il fallait effectuer des fouilles.

— Tout cela n'a pas d'importance, grommela Maigret. Ce qui compte, c'est qu'il existe une cave. Et c'est dans cette cave-là, ma petite Raymonde, que le pauvre Georges-Henry doit être enfermé.

Il la regarda soudain avec d'autres yeux.

— A quelle heure y a-t-il un train pour Paris ?

— Dans vingt minutes. Après, vous n'en avez plus qu'à midi trente-neuf. Il en passe d'autres, mais ils ne s'arrêtent pas à Orsenne.

Il était déjà dans l'escalier. Sans prendre le temps de se raser, il s'habillait, et, un peu plus tard, on le voyait marcher à grands pas vers la gare.

Comme sa patronne frappait le plancher de sa chambre, Raymonde monta à son tour.

— Il est parti ? questionna la vieille Jeanne, qui était toujours couchée dans les draps moites.

— Il vient de partir en courant.

— Il n'a rien dit ?

— Non, madame.

— Il a payé ? Aide-moi à me lever.

— Il n'a pas payé, madame. Mais il a laissé sa valise et toutes ses affaires.

— Ah ! fit alors Jeanne, déçue, peut-être inquiète.

5

LE COMPLICE DE MAIGRET

Paris ETAIT MAGNIFIQUEMENT
vaste et vide. Les cafés, autour de la gare de Lyon,
sentaient bon la bière et le croissant trempé de café.
Il y eut, entre autres, dans un salon de coiffure du
boulevard de la Bastille, un quart d'heure d'une
légèreté inoubliable, sans raison, parce que c'était
Paris au mois d'août, que c'était le matin, et peut-
être aussi parce que, tout à l'heure, Maigret irait serrer la main des camarades.

— On voit que vous rentrez de vacances. Vous
avez attrapé un fameux coup de soleil.

C'était vrai. La veille, sans doute, quand il courait
tout autour d'Orsenne pour s'assurer que Georges-
Henry n'avait pas quitté le hameau.

C'était drôle comme, de loin, cette histoire perdait de sa consistance. Cependant, rasé de frais, la
nuque dégagée, une petite trace de poudre derrière
l'oreille, Maigret montait sur la plate-forme d'un
autobus et, quelques minutes plus tard, il franchissait le portail de la Police Judiciaire.

Ici aussi, cela sentait les vacances et, dans les cou-
loirs déserts où on laissait toutes les fenêtres ouvertes, l'air avait un goût qu'il connaissait bien.
Beaucoup de bureaux vides. Dans le sien, dans son
ancien bureau, il trouva Lucas, qui paraissait trop

petit pour l'espace libre et qui se leva précipitamment, comme honteux d'être en faute, d'avoir pris la place de son ancien patron.

— Vous êtes à Paris, patron ?... Asseyez-vous.

Il remarquait tout de suite le coup de soleil. Tout le monde, ce jour-là, allait remarquer le coup de soleil et neuf personnes sur dix ne manqueraient pas de découvrir avec satisfaction :

— On voit bien que vous venez de la campagne !

Comme s'il n'y vivait pas depuis deux ans, à la campagne !

— Dis donc, Lucas, est-ce que tu te souviens de Mimile ?

— Mimile du cirque ?

— C'est cela. Je voudrais bien mettre la main sur lui aujourd'hui même.

— On dirait que vous êtes sur une affaire, patron...

— On dirait surtout que je suis en train de faire le c... ! Enfin... Je te raconterai ça une autre fois. Tu veux t'occuper de Mimile ?

Lucas ouvrit la porte du bureau des inspecteurs et parla bas. Il devait leur annoncer que l'ancien patron était là, qu'il avait besoin de Mimile. Pendant la demi-heure qui suivit, presque tous les hommes qui avaient été ceux de Maigret s'arrangèrent pour entrer dans le bureau de Lucas, sous un prétexte ou un autre, pour lui serrer la main.

— Un fameux coup de soleil, patron ! On voit bien que...

— Autre chose, Lucas. Je pourrais faire ça moi-même, mais ça m'ennuie. Je voudrais des tuyaux sur la maison Amorelle et Campois, du quai Bourbon. Les Sablières de la Seine, les remorqueurs et tout le reste.

— Je vais mettre Janvier là-dessus, patron. C'est urgent ?

— Je voudrais en avoir fini à midi.

Il rôda dans la maison, alla faire un petit tour à la section financière. On connaissait la maison Amorelle et Campois, mais on ne possédait pas de tuyaux particuliers.

— Une grosse boîte. Ils ont des tas de filiales. C'est solide et ça n'a rien à faire avec nous.

C'était bon de respirer ainsi l'air de la maison, de serrer la main, de lire la joie dans les yeux.

— Alors, ce jardin, patron ? Et la pêche à la ligne ?

Il monta aux Sommiers. Rien sur les Malik. Ce fut au dernier moment, alors qu'il allait sortir, qu'il pensa à chercher à la lettre C.

Campois... Roger Campois... Tiens ! tiens ! Il y a un dossier Campois : Roger Campois, fils de Désiré Campois, industriel. S'est tué d'une balle de revolver dans la tête dans une chambre d'hôtel du boulevard Saint-Michel.

Il vérifiait les dates, les adresses, les prénoms. Désiré Campois, c'était bien l'associé du vieil Amorelle, celui que Maigret avait aperçu à Orsenne. Il avait eu, d'un mariage avec une certaine Armande Tenissier, fille d'un entrepreneur de travaux publics, aujourd'hui décédée, deux enfants, un garçon et une fille.

C'était le garçon, Roger, fils de Désiré, qui s'était suicidé à l'âge de vingt-deux ans.

Fréquentait depuis plusieurs mois les tripots du Quartier Latin et avait subi récemment de grosses pertes de jeu.

Quant à la fille, elle était mariée et avait eu un enfant, sans doute le jeune homme qui accompagnait son grand-père à Orsenne.

Etait-elle morte aussi ? Qu'était devenu son mari, un certain Lorigan ? Le dossier n'en faisait pas mention.

— Si on allait boire un demi, Lucas ?

A la brasserie Dauphine, bien entendu, derrière le Palais de Justice, où il avait vidé tant et tant de demis dans sa vie. L'air était savoureux comme un fruit, avec des bouffées fraîches sur un fond de chaleur. Et c'était un spectacle délicieux que celui d'une arroseuse municipale qui traçait de larges bandes mouillées sur le bitume.

— Ce n'est pas que je veuille vous questionner, patron, mais j'avoue que je me demande...

— Ce que je fabrique, hein ? Je me le demande aussi. Et il est bien possible que, cette nuit, je m'attire de sérieux désagréments. Tiens ! voilà Torrence !

Le gros Torrence, qu'on avait chargé de Mimile, savait où le trouver. Il avait déjà terminé sa mission.

— A moins qu'il ait encore une fois changé de métier depuis deux jours, patron, vous le trouverez comme garçon de ménagerie à Luna-Park. Un demi !

Puis, Janvier, le brave Janvier — qu'ils étaient donc tous braves, ce jour-là, et comme c'était bon de les trouver, comme c'était bon de travailler à la façon de jadis ! — Janvier s'asseyait à son tour devant le guéridon où les soucoupes commençaient à former une pile imposante.

— Qu'est-ce que vous voulez savoir au juste sur la maison Amorelle et Campois, patron ?

— Tout...

— Attendez...

Il tira un bout de papier de sa poche.

— Le vieux Campois, d'abord. Arrivé à dix-huit ans de son Dauphiné natal. Une sorte de paysan madré et obstiné. D'abord employé chez un entrepreneur de construction du quartier de Vaugirard, puis chez un architecte, puis enfin chez un entrepreneur de Villeneuve-Saint-Georges. C'est là qu'il a rencontré Amorelle.

» Amorelle, natif du Berry, a épousé la fille de son patron. Il s'est associé avec Campois, et tous deux ont acheté des terrains, en amont de Paris, où ils ont créé leur première sablière. Il y a quarante-cinq ans de cela...

Lucas et Torrence regardaient avec un sourire amusé leur ancien patron qui écoutait sans broncher. On aurait dit qu'à mesure que Janvier parlait Maigret reprenait sa physionomie des anciens jours.

— C'est par un vieil employé, qui est vaguement parent d'un parent de ma femme, que j'ai su tout cela. Je le connaissais de vue et quelques petits verres ont suffi à le faire parler.

— Continue.

— C'est l'histoire de toutes les grosses boîtes. Après quelques années, Amorelle et Campois possédaient une demi-douzaine de sablières dans la Haute Seine. Puis, au lieu de faire transporter leur sable par les péniches, ils ont acheté des bateaux. Enfin des remorqueurs. Il paraît que cela a fait du bruit à l'époque, parce que c'était la ruine des bateaux-écuries. Il y eut des manifestations devant les bureaux de l'île Saint-Louis... Car les bureaux, plus modestes alors, étaient déjà où ils sont maintenant. Amorelle a même reçu des lettres de menaces. Il a tenu bon et cela s'est tassé.

» A l'heure qu'il est, c'est une boîte énorme. On n'imagine pas l'importance d'une affaire comme celle-là et j'en suis resté ahuri. Aux sablières se sont ajoutées des carrières. Puis Amorelle et Campois ont pris des intérêts dans les chantiers de construction de Rouen où ils faisaient construire leurs remorqueurs. A l'heure qu'il est, ils ont la majorité des actions dans une dizaine d'affaires pour le moins, affaires de navigation, de carrières, de constructions navales, et aussi dans des entreprises de travaux publics et dans une affaire de bétonneuses.

— Les Malik ?

— J'y arrive. Mon bonhomme m'en a parlé. Il paraît que Malik le premier...

— Qu'appelles-tu le premier ?

— Celui qui est entré le premier dans la maison. Attendez, que je consulte mon papier. Ernest Malik, de Moulins.

— C'est cela.

— Il n'était pas du tout du métier, mais secrétaire d'un important conseiller municipal. C'est ainsi qu'il a fait connaissance des Amorelle et Campois. A cause des adjudications. Pots-de-vin et compagnie, quoi !... Et il a épousé la fille. C'était peu de temps après le suicide du jeune Campois, celui qui était dans l'affaire et s'est suicidé.

Maigret s'était comme enfoncé en lui-même et ses yeux étaient devenus tout petits. Lucas et Torrence se regardaient à nouveau, amusés de retrouver le patron comme ils le connaissaient dans ses meilleurs jours, avec cette moue des lèvres autour du tuyau de sa pipe, cette caresse de son gros pouce sur le fourneau et cette voussure des épaules.

— C'est à peu près tout, patron... Une fois dans la maison, Ernest Malik a fait venir son frère on ne sait d'où. Il était encore moins du métier que lui. Certains prétendent qu'il n'était qu'un petit agent d'assurances du côté de Lyon. N'empêche qu'il a épousé la seconde des demoiselles et que, depuis lors, les Malik sont de tous les conseils d'administration. Car il y a dans la boîte une kyrielle de sociétés différentes qui se tiennent entre elles. Il paraît que le vieux Campois n'a pour ainsi dire aucune autorité. Il aurait fait, en outre, la bêtise de vendre un gros paquet d'actions alors qu'il les croyait au plus haut.

» Seulement, contre les Malik, il reste la vieille Amorelle, qui ne peut pas les sentir. Et c'est elle qui détient encore, du moins on le pense, la majorité des actions des diverses sociétés. On prétend, dans les bureaux, qu'elle est capable, pour faire enrager ses gendres, de les déshériter dans la mesure où la loi le lui permet.

» C'est tout ce que j'ai trouvé.

Encore quelques demis.

— Tu déjeunes avec moi, Lucas ?

Ils déjeunèrent ensemble, comme au bon vieux temps. Puis un autobus conduisit Maigret à Luna-Park, où il fut d'abord déçu de ne pas trouver Mimile à la ménagerie.

— Il est sûrement dans un bistro des environs ! Vous le rencontrerez peut-être au *Cadran*. Peut-être chez *Léon*, à moins qu'il soit au tabac du coin de la rue.

Mimile était au tabac et Maigret commença par lui offrir un vieux marc. C'était un homme sans âge, au poil sans couleur, un de ces hommes que la vie a usés comme des pièces de monnaie, au point qu'ils n'ont pour ainsi dire plus de contours. On ne pouvait jamais dire s'il était ivre ou à jeun, car il avait du matin au soir le même regard flou, la même démarche nonchalante.

— Qu'est-ce qu'il y a pour votre service, patron ?

Il avait un dossier à la Préfecture, lui, et même un dossier assez chargé. Mais il y avait déjà de nombreuses années qu'il s'était assagi et qu'à l'occasion il rendait de menus services à ses anciens adversaires du Quai des Orfèvres.

— Tu peux t'absenter de Paris pendant vingt-quatre heures ?

— A condition que je trouve le Polonais.

— Quel Polonais ?

— Un type que je connais, mais qui a un nom trop compliqué pour que je le retienne. Il a été longtemps chez Amar et il pourrait soigner mes bêtes. Attendez que je téléphone. Un petit verre d'abord, hein, patron ?

Deux petits verres, trois petits verres, de courtes stations dans la cabine téléphonique et enfin Mimile déclare :

— Je suis votre homme !

Pendant que Maigret lui expliquait ce qu'il attendait de lui, Mimile avait l'air ahuri d'un Auguste qui reçoit un coup de bâton sur la tête et il répétait de ses lèvres molles :

— Ben, mon vieux ! Ben, mon vieux... Faut que ça soit vous qui me demandiez ça pour que je ne vous signale pas tout de suite au Quai. Pour un drôle de boulot, c'est un drôle de boulot.

— Tu as bien compris ?

— Je comprends, que j'ai compris.

— Tu auras tout ce qu'il faut ?

— Et le reste ! Ça me connaît.

Par prudence, le commissaire lui traça un petit plan des lieux, consulta l'indicateur et répéta à deux reprises ses instructions minutieuses.

— Que tout soit prêt à dix heures, quoi ! Comptez sur moi. Du moment que vous vous chargez d'expliquer le coup s'il y a des histoires...

Ils montèrent dans le même train, un peu après quatre heures, comme sans se connaître, et Mimile, qui avait enregistré aux bagages une vieille bicyclette appartenant au patron de la ménagerie, descendit une station avant la halte d'Orsenne.

Maigret, quelques minutes plus tard, débarquait tranquillement, comme un vieil habitué, et s'attardait avec le garde-barrière qui faisait fonction de chef de gare.

Il commença par faire remarquer qu'il faisait plus chaud à la campagne, qu'à Paris, et c'était vrai, car, dans la vallée, la chaleur, ce jour-là, était étouffante.

— Dites donc, ils ne doivent pas avoir un trop mauvais vin blanc, dans ce bistro ?

Car il y avait un bistro à cinquante mètres de la gare, et bientôt les deux hommes y étaient attablés, devant une bouteille de vin blanc, d'abord, puis devant des verres qui se succédaient à un rythme de plus en plus accéléré.

Une heure plus tard, il était évident que le garde-barrière dormirait bien cette nuit-là et c'était tout ce que Maigret voulait obtenir de lui.

Quant à lui, il avait eu soin de renverser la plus grande partie de l'alcool qu'on leur avait servi et il n'était pas trop somnolent tandis qu'il descendait vers la Seine et qu'un peu plus tard il pénétrait dans le jardinet de *L'Ange*.

Raymonde parut surprise de le revoir si vite.

— Et la patronne ? questionna-t-il.

— Elle est toujours dans sa chambre. A propos, il est arrivé une lettre pour vous. On l'a apportée peu de temps après votre départ. Peut-être que le train n'était pas encore passé. Si je n'avais été toute seule, je vous l'aurais portée à la gare.

Bordée de noir, comme de juste.

Monsieur,

Je vous prie de bien vouloir mettre fin à l'enquête que je vous avais demandée dans un moment de dépression bien compréhensible, étant donnés mon âge et la secousse que je viens de subir.

J'ai pu donner ainsi à certains événements douloureux une interprétation incompatible avec les faits et je regrette maintenant de vous avoir dérangé de votre retraite.

Votre présence à Orsenne ne fait que compliquer une situation déjà pénible et je me permets d'ajouter que l'indiscrétion avec laquelle vous assumez la tâche que je vous avais confiée, la maladresse dont vous avez fait preuve jusqu'ici me font désirer vivement votre très prochain départ.

J'espère que vous voudrez bien comprendre et ne pas insister pour troubler une famille très éprouvée.

Lors de ma visite inconsidérée à Meung-sur-Loire, j'avais laissé sur votre table une liasse de dix mille francs, destinés à couvrir vos premiers frais. Veuillez trouver ci-joint un chèque de la même somme et considérer cette affaire comme terminée.

Mes salutations.

Bernadette Amorelle.

C'était bien sa grande écriture pointue, mais ce n'était pas son style, et Maigret, grimaçant un drôle de sourire, remit la lettre et le chèque dans sa poche, persuadé que les phrases qu'il venait de lire étaient plutôt du cru d'Ernest Malik que de celui de la vieille dame.

— Il faut que je vous dise aussi que la patronne m'a demandé tout à l'heure quand vous comptiez partir.

— Elle me met à la porte ?

La grosse Raymonde, aux formes à la fois robustes et molles, devint toute rouge.

— Ce n'est pas ce que j'ai voulu dire. Seulement, elle prétend qu'elle est malade pour un certain temps. Quand ses crises la prennent...

Il regarda en coin les bouteilles qui étaient la raison majeure de ces crises-là.

— Ensuite ?

— La maison va être vendue d'un jour à l'autre.

— Une fois de plus ! ironisa Maigret. Et après, douce Raymonde ?

— Ne vous occupez pas de moi. J'aurais préféré qu'elle vous fasse la commission elle-même. Elle dit que ce n'est pas convenable que je sois seule avec un homme dans la maison. Elle a entendu que nous mangions tous les deux dans la cuisine. Elle m'a adressé des reproches.

— Quand veut-elle que je parte ?

— Ce soir, demain matin au plus tard.

— Et il n'y a pas d'autre auberge dans l pays, n'est-ce pas ?

— Il y en a une à cinq kilomètres.

— Eh bien ! Raymonde, nous verrons ça demain matin.

— C'est que je n'ai rien à manger pour ce soir et qu'on m'a défendu...

— Je mangerai à l'écluse.

Ce qu'il fit. Il y avait, comme à côté de la plupart

des écluses, une petite épicerie destinée aux mariniers, où on leur servait à boire. Un train de bateaux était justement dans le sas, et les femmes, entourées de leurs gosses, en profitaient pour faire leur marché tandis que les hommes venaient boire un coup en vitesse.

Tous ces gens-là travaillaient pour Amorelle et Campois.

— Vous me donnerez une chopine de vin blanc, un bout de saucisson et une demi-livre de pain, commanda-t-il.

On ne faisait pas le restaurant. Il s'installa à un bout de table, à regarder l'eau qui bouillonnait au-dessous des vannes. Jadis les péniches cheminaient lentement le long des berges, traînées par de lourds chevaux qu'une petite fille, souvent pieds nus sur le chemin de halage, conduisait au bout de sa baguette.

C'étaient des « écuries » qu'on voyait encore sur certains canaux, mais qu'Amorelle et Campois, avec leurs remorqueurs fumants et leurs péniches à moteur, avaient chassées de la Haute Seine.

Le saucisson était bon, le vin léger, avec un petit goût acide. L'épicerie sentait la cannelle et le pétrole. Les portes d'amont ouvertes, le remorqueur emmenait ses péniches comme des poussins vers le haut du bief et l'éclusier venait boire un coup à la table de Maigret.

— Je croyais que vous deviez partir ce soir.

— Qui vous a dit cela ?

L'éclusier marqua un certain embarras.

— Vous savez, si on devait écouter tout ce qu'on raconte !

Malik se défendait. Il ne perdait pas son temps. Était-il venu en personne jusqu'à l'écluse ?

De loin, Maigret pouvait apercevoir, dans la verdure des parcs, les toits des orgueilleuses maisons des Amorelle et de Campois — celle de la vieille

Amorelle et de son gendre, celle d'Ernest Malik, la plus somptueuse de toutes, celle de Campois, à mi-hauteur de la colline, presque campagnarde encore que solidement bourgeoise avec ses murs peints en rose. De l'autre côté de l'eau, la gentilhommière vieillotte, délabrée, de M. Groux, qui préférait hypothéquer ses propriétés que de voir ses bois transformés en carrières.

Il n'était pas loin, M. Groux. On le voyait, le crâne nu au soleil, vêtu comme toujours de toile kaki, assis dans un canot vert amarré entre deux perches et pêchant à la ligne.

Il n'y avait pas d'air, pas de rides sur l'eau.

— Dites-moi, vous qui connaissez ces choses-là, est-ce qu'il y aura de la lune ce soir ?

— Cela dépend à quelle heure. Elle se lèvera un peu avant minuit derrière le bois que vous voyez en amont. Elle en est à son premier quartier.

Maigret était assez content de lui et pourtant il ne parvenait pas à dissiper une petite angoisse qui s'était installée dans sa poitrine et qui grandissait au lieu de disparaître à mesure que le temps passait.

Une certaine nostalgie aussi. Il avait passé une heure au Quai des Orfèvres, avec des hommes qu'il connaissait si bien, qui l'appelaient toujours patron, mais qui...

Qu'avaient-ils dit entre eux après son départ ? Que le métier lui manquait, évidemment ! Qu'il était moins heureux qu'il voulait le faire croire, dans sa campagne ! Qu'il se jetait sur la première occasion de retrouver les émotions d'autrefois !

Un amateur, en somme ! Il faisait figure d'amateur.

— Encore un coup de blanc ?

L'éclusier ne disait pas non, avait la manie de s'essuyer les lèvres avec sa manche après chaque gorgée.

— Je suis sûr que le jeune Malik, Georges-Henry, a dû aller pêcher maintes fois avec votre fils ?

— Oh ! oui, monsieur.

— Il devait aimer ça, n'est-ce pas ?

— Il aimait l'eau, il aimait les bois, les bêtes !

— Un brave garçon !

— Un brave garçon, oui. Pas fier. Si vous les aviez vus tous les deux avec la petite demoiselle... Souvent ils descendaient ensemble en canoë. Je leur proposais de les écluser, quoique d'habitude on n'écluse pas les petites embarcations. Mais c'étaient eux qui ne voulaient pas. Il préféraient transporter leur canoë de l'autre côté du sas. Je les voyais rentrer à la nuit tombante.

Il avait, lui, à la nuit tombante, ou plutôt à la nuit tombée, une tâche désagréable à accomplir. Après, on verrait bien. On verrait s'il s'était trompé, s'il n'était qu'une vieille bête qui avait mérité sa retraite ou s'il était encore capable de quelque chose.

Il paya. Il marcha lentement, en fumant sa pipe, le long de la berge. L'attente était longue, on aurait dit que ce soir-là le soleil ne se décidait pas à se coucher. L'eau moirée coulait lentement, sans bruit, avec seulement un murmure à peine perceptible, et des mouchettes la frôlaient dangereusement, excitant les poissons à sauter.

Il ne vit personne, ni les frères Malik, ni leurs domestiques. Tout était, ce soir-là, comme au point mort et, un peu avant dix heures, laissant derrière lui la lumière qui brillait dans la chambre de Jeanne, à *L'Ange*, et dans la cuisine où se tenait Raymonde, il se dirigea, comme la veille, vers la gare.

Les petits verres de vin blanc avaient sans doute fait leur effet, car le garde-barrière n'était pas à son poste, sur le seuil de la maison. Maigret put passer sans être vu et suivre le ballast.

Derrière le rideau de noisetiers à l'endroit, à peu près, où il était caché la veille, il trouva Mimile à son poste, un Mimile paisible, jambes écartées, une cigarette éteinte à la bouche, qui semblait prendre le frais.

— Il n'est pas encore venu ?

— Non.

Ils attendirent ainsi en silence. De temps en temps, ils se chuchotaient quelques mots à l'oreille. Comme la veille, une fenêtre était ouverte chez Bernadette Amorelle et, parfois, on voyait passer la vieille dame dans le rayon faiblement lumineux.

A dix heures et demie seulement, une silhouette se profila dans le parc de Malik et les choses se passèrent exactement comme la nuit précédente. L'homme, qui portait un paquet, fut accosté par ses chiens, qui le suivirent jusqu'à la porte du chenil d'en haut. Il y pénétra, resta beaucoup plus longtemps que la veille et rentra enfin dans la maison, où une fenêtre s'éclaira au premier étage, s'ouvrit un moment tandis qu'on fermait les persiennes.

Les chiens erraient dans le parc avant de se coucher et ils vinrent flairer l'air non loin du mur, sentant sans doute la présence des deux hommes.

— J'y vais, patron ? chuchota Mimile.

Un des danois retroussa ses lèvres, comme prêt à gronder, mais l'homme de Luna-Park avait déjà lancé dans sa direction un objet qui s'écrasa sur le sol avec un bruit mou.

— A moins qu'ils soient mieux dressés que je le pense, murmura Mimile. Mais je n'ai pas peur. Les bourgeois ne savent pas dresser les chiens et, si même on leur donne un animal bien dressé ils ont vite fait de l'abîmer.

Il avait raison. Les deux bêtes rôdaient en reniflant autour de ce qu'on avait jeté. Maigret, anxieux, avait laissé éteindre sa pipe. Enfin, un des chiens prenait la viande du bout des dents et la secouait tandis que l'autre, jaloux, faisait entendre un grognement menaçant.

— Il y en aura pour tout le monde ! ricana Mimile en lançant un second morceau. Vous disputez pas, mes agneaux !

Cela dura cinq minutes à peine. On vit les bêtes blanches errer un instant, tourner en rond, malades, puis se coucher sur le flanc, et, à ce moment-là, Maigret n'était pas fier.

— C'est fait, patron. On y va ?

Il valait mieux attendre encore, attendre la nuit complète et l'extinction de toutes les lumières. Mimile s'impatientait.

— Tout à l'heure, vous allez voir la lune se lever et ce sera trop tard.

Mimile avait emporté une corde qui était déjà attachée au tronc d'un jeune frêne en bordure de la voie, tout près du mur.

— Attendez que je descende le premier.

Le mur avait un peu plus de trois mètres de haut, mais il était en bon état, sans une saillie.

— Ce sera plus difficile de remonter par là. A moins qu'on trouve une échelle dans leur sacré jardin. Tenez ! il y a une brouette dans la petite allée. En la dressant contre le mur, ça nous aidera déjà.

Mimile était animé, joyeux, en homme qui se retrouve dans son élément.

— Si on m'avait dit que je ferais ce truc-là avec vous...

Ils approchaient de l'ancien chenil ou de l'ancienne écurie, qui était une construction en briques, sans étage, avec une cour cimentée qu'entourait une grille.

— Pas besoin de lampe électrique, soufflait Mimile en tâtant la serrure.

La porte était ouverte et ils recevaient au visage une bouffée de paille moisie.

— Fermez donc la porte ! Dites donc, il me semble qu'il n'y a personne ici dedans !

Maigret alluma sa lampe de poche et ils ne virent

rien autour d'eux, qu'un vieux bat-flanc démanti-
bulé, un harnais verdi qui pendait à un crochet, un
fouet par terre, de la paille mêlée de foin et de poussière.

— C'est en dessous, fit Maigret. Il doit y avoir une
trappe ou une ouverture quelconque.

Ils n'eurent qu'à remuer la paille pour trouver,
en effet, une forte trappe aux lourdes ferrures. La
trappe n'était fermée que par un verrou que Maigret, la poitrine serrée, tira lentement.

— Qu'est-ce que vous attendez ? souffla encore
Mimile.

Rien. Et pourtant il y avait des années qu'il n'avait
pas connu cette émotion-là.

— Vous voulez que j'ouvre ?

Non. Il soulevait la trappe. On n'entendait aucun
bruit dans la cave, et pourtant ils eurent en même
temps la sensation qu'il y avait là un être vivant.

La lampe électrique, soudain, éclaira l'espace noir
en dessous d'eux, les rayons blanchâtres frôlèrent
un visage, une silhouette qui bondit.

— Restez tranquille, prononça Maigret à mi-voix.

Il essayait de suivre, avec sa lampe, la silhouette
qui allait d'un mur à l'autre, comme une bête tra-
quée. Il disait machinalement :

— Je suis un ami.

Mimile proposait :

— Je descends ?

Et une voix, en bas, prononçait :

— Surtout, que personne ne me touche !

— Mais non ! Mais non ! On ne vous touchera
pas.

Maigret parlait, parlait, comme dans un rêve ou
plutôt comme on parle pour calmer un enfant en
proie à un cauchemar. Et c'était bien à un cauchemar que cette scène ressemblait.

— Restez tranquille. Attendez qu'on vous sorte
de là.

— Et si je ne veux pas sortir ?

Une voix fiévreuse, mordante, de gamin halluciné.

— Je descends ? proposait toujours Mimile, qui avait hâte d'en finir.

— Ecoutez, Georges-Henry ! Je suis un ami. Je sais tout.

Et ce fut soudain comme s'il eût prononcé le mot clef des contes de fées. L'agitation prit fin d'une seconde à l'autre. Il y eut un silence de quelques secondes, puis une voix changée questionna, méfiante :

— Qu'est-ce que vous savez ?

— Il faut d'abord sortir d'ici, mon petit bonhomme. Je vous jure que vous n'avez rien à craindre.

— Où est mon père ? Qu'en avez-vous donc fait ?

— Votre père est dans sa chambre, dans son lit, sans doute.

— Ce n'est pas vrai !

L'accent était plein d'amertume. On le trompait. Il avait la quasi-certitude qu'on le trompait, comme on l'avait toujours trompé. C'était cela, cette hantise, que sa voix révélait au commissaire, qui commençait à s'impatienter.

— Votre grand-mère m'a tout dit.

— Ce n'est pas vrai !

— C'est elle qui est venue me chercher et qui...

Et le gosse, criant presque :

— Elle ne sait rien ! Il n'y a que moi qui...

— Chut ! Ayez confiance, Georges-Henry. Venez. Quand vous serez sorti d'ici, nous parlerons tranquillement.

Allait-il se laisser convaincre ? Sinon, il faudrait descendre dans son trou, opérer vilainement, le prendre à bras-le-corps, le réduire à l'impuissance, et peut-être se débattrait-il, grifferait-il, mordrait-il comme un jeune animal affolé.

— Je descends ? répétait Mimile, qui commençait à être moins tranquille et qui se tournait parfois vers la porte avec crainte.

— Ecoutez, Georges-Henry. Je suis de la police.

— Cela ne regarde pas la police ! Je déteste la police ! Je déteste la police !

Il s'interrompit. Une idée venait de le frapper et, sur un autre ton, il reprit :

— D'ailleurs, si c'était la police, vous auriez...

Il hurla :

— Laissez-moi ! Laissez-moi ! Allez-vous-en ! Vous mentez ! Vous savez bien que vous mentez ! Allez dire à mon père...

A ce moment une voix martela, du côté de la porte qui venait de s'ouvrir sans bruit :

— Excusez-moi de vous déranger, messieurs.

La lampe de Maigret éclaira la silhouette d'Ernest Malik qui se tenait debout, très calme, un gros revolver à la main.

— Je crois, mon pauvre Jules, que je serais en droit de t'abattre, ainsi que ton compagnon.

On entendait, en dessous, les dents du gosse qui claquaient.

6

MIMILE ET SON PRISONNIER

SANS MANIFESTER LE MOINDRE
étonnement, Maigret se tourna lentement vers le
nouveau venu et ne parut pas voir le revolver que
celui-ci tenait braqué sur lui.

— Sors le gosse de là, dit-il de sa voix la plus ordi-
naire, en homme qui, ayant essayé d'accomplir une
tâche et n'y ayant pas réussi, demande à un autre
d'essayer à son tour.

— Ecoute, Maigret... commença Malik.

— Pas maintenant. Pas ici. Tout à l'heure, j'écou-
terai tout ce que tu voudras.

— Tu avoues que tu t'es mis dans un mauvais
cas ?

— Je te dis de t'occuper de l'enfant. Tu ne te
décides pas ? Mimile, descends dans le trou.

Alors seulement Ernest Malik prononça d'une
voix sèche :

— Tu peux sortir, Georges-Henry.

L'enfant ne bougeait pas.

— Entends-tu ce que je dis ? Sors ! La punition a
assez duré.

Maigret tressaillit. Ainsi, c'était cela qu'on allait
essayer de lui faire croire ? Qu'il s'agissait d'une
punition ?

— Tu n'es pas fort, Malik.

Et, penché sur le trou, d'une voix douce et calme :

— Vous pouvez venir maintenant, Georges-Henry. Vous ne craignez plus rien. Ni de votre père, ni de personne.

Mimile tendit la main et aida le jeune homme à se hisser au niveau du sol. Georges-Henry se tenait replié sur lui-même, évitant de regarder son père, guettant le moment de s'enfuir.

Et cela, Maigret l'avait prévu. Car il avait tout prévu, même et surtout l'arrivée inopinée de Malik. A tel point que Mimile avait reçu des instructions en conséquence et qu'il ne restait plus maintenant qu'à les exécuter.

Les quatre hommes ne pouvaient pas rester indéfiniment debout dans l'ancien chenil, et Maigret, le premier, se dirigea vers la porte, sans se préoccuper de Malik qui lui barrait le passage.

— Nous serons mieux dans la maison pour causer, murmura-t-il.

— Tu tiens à causer ?

Le commissaire haussa les épaules. En passant devant Mimile, il eut le temps de lui lancer un coup d'œil qui signifiait :

« Attention à la manœuvre. »

Car elle était délicate et un faux mouvement pouvait tout compromettre. Ils sortaient l'un après l'autre et Georges-Henry sortait le dernier, se glissait dehors en évitant de s'approcher de son père. Ils marchaient tous les quatre dans l'allée et c'était au tour de Malik de manifester une certaine inquiétude. La nuit était noire. La lune ne s'était pas encore levée. Maigret avait éteint sa lampe électrique.

Ils avaient à peine cent mètres à parcourir encore. Qu'est-ce que le gosse attendait ? Est-ce que l'ex-commissaire s'était trompé ?

On aurait dit, maintenant, que personne n'osait

parler, que personne ne voulait prendre la responsa-
bilité de ce qui allait se passer.

Encore soixante mètres. Dans une minute, il serait
trop tard et Maigret avait envie de donner un coup
de coude à Georges-Henry pour le rappeler à la réalité.

Vingt mètres... Dix mètres... Il fallait s'y résigner.
Qu'est-ce qu'ils allaient faire tous les quatre dans
une des pièces de la maison dont on commençait à
distinguer la façade blanche ?

Cinq mètres. Trop tard ! Ou plutôt non. Georges-
Henry se montrait plus avisé que Maigret lui-même,
car il avait pensé à une chose : qu'arrivé à la maison
son père devrait prendre la tête du petit groupe
pour ouvrir la porte.

A ce moment précis, il fit un bond et, l'instant
d'après, on entendit bruisser les herbes et les branches dans les fourrés du parc. Mimile n'avait pas
loupé la manœuvre et courait sur ses talons.

Malik perdit à peine une seconde, mais ce fut une
seconde de trop. Son réflexe fut de braquer son
revolver vers la silhouette de l'homme de cirque. Il
aurait tiré. Mais, avant qu'il n'ait eu le temps de
presser sur la gâchette, Maigret avait abattu son
poing sur son avant-bras et l'arme tomba à terre.

— Voilà ! fit avec satisfaction le commissaire.

Il dédaigna de ramasser l'arme, qu'il envoya du
bout du pied vers le milieu de l'allée. De son côté,
une sorte de respect humain empêcha Ernest Malik
d'aller le ramasser. A quoi bon ?

La partie qui se jouait maintenant entre eux deux
ne pouvait en aucune sorte être influencée par un
revolver.

Ce fut, pour Maigret, une minute assez émou-
vante. Justement parce qu'il l'avait prévue. La nuit
était si calme qu'on entendait, déjà loin, les pas des
deux hommes qui se suivaient. Malik et lui tendaient

l'oreille. Il était facile de se rendre compte que Mimile ne perdait pas de terrain.

Ils avaient dû pénétrer dans le parc voisin, où ils couraient toujours et d'où, sans doute, ils gagneraient le chemin de halage.

— Voilà, répéta Maigret comme le bruit s'atténuait jusqu'à devenir à peine perceptible. Si nous entrions ?

Malik tourna la clef qu'il avait déjà introduite tout à l'heure dans la serrure et s'effaça. Puis il manœuvra le commutateur électrique et on vit sa femme debout, en peignoir blanc, au détour de l'escalier.

Elle les regardait tous les deux avec de grands yeux stupéfaits, ne trouvant rien à dire, et ce fut son mari qui lui lança avec humeur :

— Va te coucher !

Ils étaient tous les deux dans le bureau de Malik et Maigret, debout, commençait à bourrer sa pipe en jetant de petits coups d'œil satisfaits à son adversaire. Malik, lui, marchait de long en large, les mains derrière le dos.

— Tu n'as pas l'intention de porter plainte ? questionna doucement Maigret. C'est pourtant une occasion ou jamais. Tes deux chiens empoisonnés. Escalade et effraction. Tu pourras même soutenir qu'il y a eu tentative d'enlèvement... Après le coucher du soleil, par-dessus le marché... De sorte que ça va chercher les travaux forcés. Allons, Malik... le téléphone est là, à portée de ta main. Un appel à la gendarmerie de Corbeil et celle-ci sera obligée de m'arrêter...

» Qu'est-ce qui ne vas pas ?... Qu'est-ce qui t'empêche d'agir comme tu en as envie ?...

Le tutoiement ne le gênait plus, maintenant, bien au contraire, mais ce n'était pas celui qu'avait inauguré Malik à leur première rencontre. C'était le tutoiement que le commissaire employait volontiers avec ses « clients ».

— Cela t'ennuie de raconter à tout le monde que tu tenais ton fils enfermé dans une cave ?... D'abord, c'est ton droit de père de famille. Le droit de punir. Combien de fois, quand j'étais petit, ne m'a-t-on pas menacé de m'enfermer dans la cave !

— Silence, veux-tu ?

Il s'était campé devant Maigret et il le regardait intensément, essayant de lire ce qu'il y avait derrière les paroles de son interlocuteur.

— Qu'est-ce que tu sais au juste ?

— Voilà enfin la question que j'attendais.

— Qu'est-ce que tu sais ? s'impatientait Malik.

— Et toi, qu'est-ce que tu crains que je sache ?

— Une première fois je t'ai demandé de ne plus t'occuper de mes affaires.

— Et j'ai refusé.

— Une seconde fois et une dernière fois je te dis...

Mais déjà Maigret secouait la tête.

— Non... Vois-tu, maintenant, c'est impossible.

— Tu ne sais rien...

— Dans ce cas, que crains-tu ?

— Tu n'apprendras rien...

— Je ne te gêne donc pas.

— Quant au gosse, il ne parlera pas. Je sais que c'est sur lui que tu comptes.

— C'est tout ce que tu as à me dire, Malik ?

— Je te demande de réfléchir. Tout à l'heure, j'aurais pu t'abattre et je commence à regretter de ne pas l'avoir fait.

— Tu as peut-être eu tort, en effet. Dans quelques instants, quand je sortirai, il sera encore temps de me tirer une balle dans le dos. Il est vrai que, maintenant, le gosse est loin, qu'il y a quelqu'un avec lui. Allons ! J'ai envie d'aller me coucher. Donc, pas de téléphone ? Pas de plainte ? Pas de gendarmerie ? C'est vu, c'est entendu ?

Il se dirigea vers la porte.

— Bonne nuit, Malik.

Au moment où il allait disparaître dans le hall d'entrée, il se ravisa, revint sur ses pas pour laisser tomber, la face lourde, le regard pesant :

— Vois-tu, je sens que ce que je vais découvrir est tellement laid, tellement sale, qu'il m'arrive d'hésiter à continuer.

Il partit sans se retourner, referma violemment la porte derrière lui et se dirigea vers la grille. Celle-ci était fermée. La situation était grotesque, de se trouver ainsi dans le parc de la propriété sans que personne ne s'occupât de lui.

Il y avait toujours de la lumière dans le bureau, mais Malik ne songeait pas à reconduire son adversaire.

Escalader le mur du fond ? Tout seul, Maigret ne se fiait pas à son agilité. Chercher le sentier qui permettait de passer dans le parc des Amorelle dont la grille n'était peut-être pas fermée à clef ?

Il haussa les épaules, se dirigea vers la maison du jardinier et frappa la porte à petits coups.

— Qu'est-ce que c'est ? fit à l'intérieur une voix endormie.

— Un ami de M. Malik qui voudrait qu'on lui ouvre la grille.

Il entendit le vieux domestique qui passait un pantalon et cherchait ses sabots. La porte s'entrouvrit.

— Comment se fait-il que vous soyez dans le parc ? Où sont les chiens ?

— Je crois bien qu'ils dorment, murmura Maigret. A moins qu'ils ne soient morts.

— Et M. Malik ?

— Il est dans son bureau.

— Il a pourtant la clef de la grille.

— C'est possible. Il est tellement préoccupé qu'il n'y a même pas pensé.

Le jardinier le précéda en grommelant, se retournant parfois pour lancer un regard inquiet à ce visiteur nocturne. Dès que Maigret changeait le rythme de son pas, l'homme tressaillait, comme s'il se fût attendu à être frappé par derrière.

— Merci, mon brave homme.

Il rentra tranquillement à *L'Ange*. Il fut obligé de lancer des cailloux sur les vitres de Raymonde pour éveiller celle-ci et se faire ouvrir la porte.

— Quelle heure est-il ? Je croyais que vous ne rentreriez plus. Tout à l'heure, j'ai entendu qu'on courait dans le petit chemin. Ce n'était pas vous ?

Il se servit lui-même à boire et alla dormir. A huit heures, rasé de frais, sa valise à la main, il prenait le train pour Paris. A neuf heures et demie, après avoir bu son café et mangé des croissants dans un petit bar, il pénétrait au Quai des Orfèvres.

Lucas était au rapport dans le bureau de son chef. Maigret s'installa à son ancienne place, près de la fenêtre ouverte, et un remorqueur Amorelle et Campois passait justement sur la Seine, donnant deux grands coups de sirène avant de s'engager sous le pont de la Cité.

A dix heures, Lucas entra, des papiers à la main, posa ceux-ci sur un coin du bureau.

— Vous êtes là, patron ? Je vous croyais à nouveau à Orsenne.

— Il n'y a pas de coup de téléphone pour moi ce matin ?

— Pas encore. Vous attendez un coup de téléphone ?

— Il faudrait avertir le standard. Qu'on me passe la communication tout de suite, ou, si je ne suis pas là, qu'on prenne le message.

Il ne voulait pas laisser voir sa nervosité, mais ses pipes se succédaient avec une rapidité inhabituelle.

— Fais ton travail comme si je n'étais pas là.

— Rien de palpitant ce matin. Un coup de couteau rue Delambre.

Le petit trantran quotidien. Il connaissait si bien cela. Il avait retiré son veston, comme autrefois, quand il était ici chez lui. Il entrait dans les bureaux, serrait les mains, écoutait un bout d'interrogatoire ou de conversation téléphonique.

— Ne vous dérangez pas, les enfants.

A onze heures et demie, il descendit boire un verre en compagnie de Torrence.

— Au fait, il y a un renseignement que je voudrais que tu me déniches. Il s'agit toujours d'Ernest Malik. J'aimerais savoir s'il est joueur. Ou s'il l'a été jadis, quand il était jeune. Il ne doit pas être impossible de retrouver quelqu'un qui l'ait connu il y a vingt ou vingt-cinq ans.

— Je trouverai, patron.

A midi moins le quart, il n'y avait toujours rien, et les épaules de Maigret se faisaient plus courbes, sa démarche plus hésitante.

— Je crois que j'ai fait le c... ! lui arrivait-il de lancer à Lucas, qui expédiait les affaires courantes.

Chaque fois que la sonnerie du téléphone retentissait dans le bureau, il décrochait lui-même. Enfin, quelques instants avant midi, ce fut son nom qu'on prononça.

— Maigret... Où es-tu ?... Où est-il ?...

— A Ivry, patron. Je fais vite, parce que j'ai peur qu'il en profite. Je ne sais pas le nom de la rue. Je n'ai pas eu le temps de voir. Un petit hôtel. La maison a trois étages et le rez-de-chaussée est peint en brun. Cela s'appelle : *A ma Bourgogne*. Juste en face, il y a une usine à gaz.

— Qu'est-ce qu'il fait ?

— Je n'en sais rien. Je crois qu'il dort. Je file, c'est plus prudent.

Maigret alla se camper devant un plan de Paris et de la banlieue.

— Tu connais une usine à gaz, à Ivry, toi, Lucas ?

— Il me semble que je vois ça, un peu plus loin que la gare.

Quelques minutes plus tard, Maigret, installé dans un taxi découvert, roulait vers les fumées d'Ivry. Il dut chercher un certain temps dans les rues qui entouraient en effet une usine à gaz et il finit par apercevoir un hôtel miteux dont le rez-de-chaussée était peint en brun sombre.

— Je vous attends ? questionna le chauffeur.

— Je pense que cela vaut mieux.

Maigret entra dans le restaurant où des ouvriers, presque tous des étrangers, mangeaient à même les tables de marbre. Une épaisse odeur de ragoût et de gros vin rouge prenait à la gorge. Une forte fille en noir et blanc se faufilait entre les tables, portant des quantités incroyables de petits plats en épaisse faïence grisâtre.

— Vous cherchez le type qui est venu téléphoner tout à l'heure ?... Il a dit que vous montiez au troisième. Vous pouvez passer par ici.

Un couloir étroit, avec des graffiti sur les murs. L'escalier était sombre, éclairé seulement par une lucarne au second étage. Dès qu'il eut dépassé cet étage, Maigret aperçut des pieds, une paire de jambes.

C'était Mimile, assis sur la dernière marche de l'escalier et tenant au bec une cigarette non allumée.

— Donnez-moi d'abord du feu, patron. Je n'ai même pas pris le temps de demander des allumettes en bas quand je suis allé téléphoner. Je n'ai pas pu fumer depuis hier soir.

Il y avait une flamme joyeuse et narquoise tout ensemble dans ses prunelles claires.

— Vous voulez que je vous fasse une petite place ?

— Où est-il ?

Dans le couloir, on apercevait quatre portes du

même brun sinistre que la devanture. Elles portaient des numéros gauchement peints : 21, 22, 23, 24.

— Il est au 21. Moi, j'ai le 22. C'est rigolo ! On dirait que c'est fait exprès... Vingt-deux ! V'là les flics !

Il aspirait avidement la fumée, se levait, s'étirait.

— Si des fois vous voulez entrer dans ma tôle... Mais je vous préviens que cela ne sent pas bon et que c'est pas haut de plafond. Tant que j'étais seul, je préférais barrer le passage, vous comprenez ?

— Comment as-tu fait pour aller téléphoner ?

— Justement... Depuis le matin j'attendais une occasion. Car il y a un bout de temps que nous sommes ici. Depuis six heures du matin.

Il ouvrit la porte du 22, et Maigret aperçut un lit en fer peint en noir et couvert d'une vilaine couverture rougeâtre, une chaise à fond de paille et une cuvette sans broc sur un guéridon. Les chambres du troisième étage étaient mansardées et, dès le milieu de la pièce, on était obligé de se baisser.

— Ne restons pas ici, car il est vif comme une anguille. Déjà deux fois ce matin il a essayé de filer. Je me suis demandé un moment s'il ne serait pas capable de s'en aller par les toits, mais je me suis aperçu que c'est impossible.

L'usine à gaz, en face, avec ses cours noires de charbon. Mimile avait le teint brouillé des gens qui n'ont pas dormi et qui ne se sont pas lavés.

— C'est encore dans l'escalier qu'on est le mieux et qu'il sent le moins mauvais. Ici, ça pue la chair malade, vous ne trouvez pas ? Comme une odeur de vieux pansement.

Georges-Henry dormait ou feignait de dormir, car, collant l'oreille à la porte, on n'entendait aucun bruit dans sa chambre. Les deux hommes se tenaient dans l'escalier et Mimile expliquait en fumant cigarette sur cigarette pour se rattraper.

— D'abord, comment je vous ai téléphoné. Je ne

voulais pas quitter la planque, comme on dit chez vous. Et, d'autre part, il fallait que je vous prévienne comme c'était convenu. A un moment donné, vers neuf heures, il y a une femme qui est descendue, celle du 24. J'ai pensé lui demander de vous donner un coup de fil ou de porter un message Quai des Orfèvres. Seulement, ici, ce ne serait peut-être pas prudent de parler de la police et je sais pas si je ne me serais pas fait vider.

» Vaut mieux attendre une autre occasion, Mimile, que je me suis dit. Ce n'est pas le moment d'avoir une bagarre.

» Quand j'ai vu le type du 23 qui sortait à son tour de chez lui, j'ai compris tout de suite que c'était un Polonais. Le Polonais, ça me connaît. Je baragouine assez bien leur langue.

» Je me suis mis à lui parler et il a été tout content d'entendre son sabir.

» Je lui ai raconté une histoire de poule. Qu'elle était dans la chambre. Qu'elle voulait me plaquer. Bref, il a accepté de monter la faction pendant les quelques minutes qu'il m'a fallu pour descendre téléphoner.

— Tu es sûr que le gosse est toujours là ?

Mimile lui adressa un clin d'œil malin, prit dans sa poche une paire de pinces dans lesquelles il serra le bout de la clef qui était à l'intérieur de la chambre, mais qui dépassait.

Il fit signe à Maigret d'approcher sans bruit et, avec des mouvements d'une incroyable douceur, il fit tourner la clef, entrouvrit la porte.

Le commissaire se pencha et, dans une pièce toute pareille à la voisine, dont la fenêtre était ouverte, il vit le jeune homme étendu tout habillé en travers du lit.

Il dormait, le doute n'était pas possible. Il dormait comme on dort encore à son âge, les traits détendus, la bouche entrouverte dans une moue enfantine. Il ne s'était pas déchaussé et un de ses pieds pendait du lit.

Avec les mêmes précautions, Mimile referma la porte.

— Que je vous raconte maintenant comment ça s'est passé. Une fameuse idée que vous avez eue de me faire prendre mon vélo. Une plus fameuse encore que j'ai eue, de le cacher près du passage à niveau.

» Vous vous souvenez comme il est parti au galop. Un vrai lapin. Il faisait des détours dans le parc et fonçait à travers les broussailles avec l'espoir de me semer.

» A un moment donné, nous avons franchi une haie, l'un derrière l'autre, et je suis resté sans le voir. C'est par le bruit que j'ai su qu'il s'était dirigé vers une maison. Pas tout à fait vers la maison, mais vers une sorte de hangar d'où je l'ai vu sortir une bicyclette.

— La villa de sa grand-mère, précisa Maigret. Le vélo devait être un vélo de femme, celui de sa cousine Monita.

— Un vélo de femme, oui. Il saute dessus, mais, dans les allées, il ne pouvait pas aller vite, et j'étais toujours derrière lui. Je n'osais pas encore lui parler, parce que je ne savais pas ce qui se passait de votre côté.

— Malik a voulu tirer sur toi.

— Je m'en doutais. C'est drôle, mais j'en ai eu le pressentiment. A ce point qu'à un moment donné je me suis immobilisé peut-être moins d'une seconde, comme si j'attendais le coup. Bref, on a de nouveau pataugé dans le noir, et maintenant il poussait sa machine devant lui. Il l'a fait passer par-dessus une autre haie. Nous nous trouvions dans un petit chemin qui descendait vers la Seine et, là non plus, il ne pouvait pas rouler vite. Sur le chemin de halage, cela a été différent, et j'ai perdu un bon bout de terrain, mais je l'ai rattrapé en montant vers la gare, à cause de la côte.

» Il devait être bien tranquille, parce qu'il ne pouvait pas se douter que j'avais ma bécane un peu plus loin.

» Pauvre gosse ! Il y allait dur, de toutes ses forces. Il était sûr de m'échapper, n'est-ce pas ?

» Ah ! bien oui. J'attrape ma machine au passage, j'en mets un coup et, au moment où il s'y attendait le moins, me voilà à rouler à côté de lui comme si de rien n'était.

» — Aie pas peur, petit, que je lui dis.

» Je voulais le rassurer. Il était comme fou. Il pédalait de plus en plus vite, à en avoir le souffle tout chaud.

» — Puisque je te dis de ne pas avoir peur... Tu connais le commissaire Maigret, pas vrai ? Il n'a pas envie de te faire du mal, au contraire.

» De temps en temps, il se tournait vers moi et me lançait, rageur :

» — Laissez-moi !

» Puis, avec des sanglots dans la voix :

» — Je ne dirai quand même rien.

» J'en avais pitié, je vous assure. Ce n'est pas un métier que vous m'avez fait faire. Sans compter que, dans une descente, je ne sais plus où, sur une route nationale, il fait une embardée et va s'étaler en plein sur le macadam, que j'ai littéralement entendu sa tête sonner.

» Je descends de ma machine. Je veux l'aider à se relever. Il était déjà en selle, plus fou, plus rageur que jamais.

» — Arrête, petit. Je parie que tu t'es fait mal. Tu ne risques rien à ce que nous causions un moment, pas vrai ? Je ne suis pas un ennemi, moi.

» Je me demandais depuis un moment ce qu'il fabriquait, penché sur son guidon, avec une main que je ne voyais pas. Faut vous dire que la lune s'était levée et qu'il faisait assez clair.

» Je roule plus près. Je n'étais pas à un mètre de lui quand il fait un geste. Je me baisse. Heureusement ! Ce petit voyou venait bel et bien de me lancer à la tête une clef anglaise qu'il avait prise dans sa sacoche. Elle m'est passée à moins d'un doigt du front.

» Du coup, il avait encore plus peur. Il se figurait que je lui en voulais, que j'allais me venger. Et je parlais toujours. Ce serait rigolo de pouvoir répéter tout ce que je lui ai raconté cette nuit-là.

» — Tu dois te rendre compte, n'est-ce pas, que tu n'arriveras pas à me semer ? D'ailleurs, c'est la consigne. Va où tu voudras, tu me trouveras toujours derrière toi... Rapport au commissaire. Quand il sera là, cela ne me regardera plus.

» A un carrefour, il a dû se tromper de route, car nous nous sommes éloignés de Paris et, après avoir traversé je ne sais combien de villages, tout blancs sous la lune, nous sommes tombés sur la route d'Orléans. Imaginez le chemin, depuis la route de Fontainebleau !

» Il avait fini, par force, par ralentir, mais il évitait de me parler et même de se tourner de mon côté.

» Puis le jour s'est levé et nous étions dans la banlieue de Paris. J'ai de nouveau eu chaud, parce qu'il a eu l'idée de s'élancer dans toutes les petites rues qui se présentaient pour essayer de me semer.

» Il devait être mort de fatigue... Je le voyais tout pâle, les paupières rouges. Il ne tenait plus sur sa selle que par habitude.

» — On ferait mieux d'aller se coucher, mon petit. Tu vas finir par attraper du mal.

» Et alors, quand même, il m'a parlé. Il a dû le faire machinalement, sans le savoir. Oui, je suis persuadé qu'il était tellement épuisé qu'il ne savait plus ce qu'il faisait. Vous avez déjà vu l'arrivée d'un *cross* quand, après la ligne d'arrivée, on est obligé de soutenir le type et qu'il regarde le cinéma avec des yeux hagards ?

» — Je n'ai pas d'argent, qu'il m'a dit.

» — Cela ne fait rien. J'en ai, moi. On ira où tu voudras, mais il faut que tu te reposes.

» On était dans ce quartier-ci. Je ne pensais pas qu'il m'obéirait si vite. Il a vu le mot hôtel au-dessus de la porte qui était ouverte. Il y avait justement des ouvriers qui sortaient.

» Il est descendu de vélo et il pouvait à peine marcher, tellement il était raide. Si le bistro avait été ouvert, je lui aurais offert un verre, mais je ne sais pas s'il aurait accepté.

» Il est fier, vous savez. C'est un drôle de garçon. Je ne sais pas ce qu'il a dans la tête, mais il tient à son idée et vous n'en avez pas fini avec lui.

» On a poussé les deux vélos sous l'escalier. Si on ne les a pas chipés, ils doivent encore y être.

» Il montait devant moi. Au premier, il ne savait pas comment s'y prendre parce qu'on ne voyait personne.

» — Patron !... que j'ai crié.

» Ce n'était pas un patron, mais une patronne. Plus forte qu'un homme, et pas commode.

» — Qu'est-ce que vous voulez ?

» Et elle nous regardait comme si elle pensait à des choses malpropres.

» — On veut deux chambres. Une à côté de l'autre si possible.

» Elle a fini par nous donner deux clefs, le 21 et le 22. C'est tout, patron. Maintenant, si cela ne vous dérange pas de rester ici un moment, j'irais bien boire un verre ou deux et peut-être manger quelque chose. Depuis le matin que je renifle des odeurs de cuisine...

— Ouvre-moi la porte, dit Maigret quand Mimile remonta, fleurant le marc.

— Vous voulez l'éveiller ? protesta l'autre, qui commençait à considérer le jeune homme comme son protégé. Vous feriez mieux de le laisser roupiller tout son saoul.

Maigret lui adressa un signe rassurant et entra sans bruit dans la chambre, où, sur la pointe des pieds, il allait s'accouder à la lucarne. On chargeait les fours de l'usine à gaz et les flammes étaient toutes jaunes dans le soleil, on devinait la sueur sur le torse des hommes demi-nus, qui s'essuyaient le front de leurs bras noirs.

L'attente fut longue. Le commissaire eut tout le temps de réfléchir. De temps en temps, il se tournait vers son jeune compagnon qui commençait à quitter les régions du sommeil total et serein pour entrer dans le sommeil plus agité qui précède le réveil. Parfois son front se plissait. Sa bouche s'ouvrait davantage, comme s'il eût voulu parler. Il rêvait qu'il parlait, sans doute. Il devenait farouche. Il disait non de toutes les forces de son être.

Puis la moue s'accentuait et c'était à des larmes qu'on s'attendait. Mais il ne pleura pas. Il se retourna d'abord de tout son poids sur le sommier défoncé qui gémit. Il chassa une mouche qui s'était posée sur son nez. Ses paupières frémirent, étonnées d'être transpercées par le soleil.

Enfin il eut les yeux grands ouverts, fixés sur le plafond en pente, exprimant un étonnement naïf, puis sur la large silhouette noire du commissaire qu'il voyait à contre-jour.

Du coup, il retrouva tous ses esprits. Au lieu de s'agiter, il resta immobile, une froide volonté qui le faisait un peu ressembler à son père envahissant son visage et durcissant ses traits.

— Je ne dirai quand même rien, articula-t-il.

— Je ne vous demande pas de me dire quoi que ce soit, répliqua Maigret d'une voix à peine bourrue. Et d'ailleurs qu'est-ce que vous pourriez me dire ?

— Pourquoi m'a-t-on poursuivi ? Qu'est-ce que vous faites dans ma chambre ? Où est mon père ?

— Il est resté là-bas.

— Vous êtes sûr ?

On aurait dit qu'il n'osait pas bouger, comme si le moindre mouvement eût été susceptible d'attirer sur lui un danger inconnu. Il restait couché sur le dos, les nerfs tendus, les yeux écarquillés.

— Vous n'avez pas le droit de me poursuivre ainsi. Je suis libre. Je n'ai rien fait.

— Est-ce que vous préférez que je vous reconduise chez votre père ?

De l'effroi dans les yeux gris.

— C'est pourtant ce que la police ferait immédiatement si elle mettait la main sur vous. Vous n'êtes pas majeur. Vous n'êtes qu'un enfant.

Brusquement dressé, il fut en proie à une crise de désespoir.

— Mais je ne veux pas !... Je ne veux pas !... hurla-t-il.

Maigret entendit Mimile qui remuait sur le palier et qui devait le considérer comme une brute.

— Je veux qu'on me laisse tranquille. Je veux...

Le commissaire surprit le regard affolé que le jeune homme lançait à la lucarne et il comprit. Sans doute, s'il ne s'était pas trouvé entre lui et la fenêtre, Georges-Henry eût-il été capable de sauter dans le vide.

— Comme votre cousine ?... articula-t-il lentement.

— Qui est-ce qui vous a dit que ma cousine... ?

— Ecoutez, Georges-Henry.

— Non...

— Il faudra bien que vous m'écoutiez. Je sais dans quelle situation vous êtes.

— Ce n'est pas vrai.

— Vous voulez que je précise ?

— Je vous le défends. Vous entendez ?

— Chut !... Vous ne pouvez pas retourner chez votre père et vous n'en avez pas envie.

— Je n'y retournerai jamais.

— D'autre part, vous êtes dans des dispositions d'esprit à faire n'importe quelle bêtise.

— Cela me regarde.

— Non. Cela regarde d'autres personnes aussi.

— Il n'y a personne qui s'intéresse à moi.

— Toujours est-il que, pendant quelques jours, vous avez besoin d'être surveillé.

Le jeune homme ricana douloureusement.

— Et c'est ce que j'ai décidé de faire, acheva Maigret en allumant paisiblement sa pipe. Bon gré, mal gré... Ce sera comme vous l'entendrez.

— Où voulez-vous me conduire ?

Et déjà, c'était clair, il pensait à l'évasion possible.

— Je n'en sais rien encore. J'avoue que la question est délicate, mais, de toute façon, vous ne pouvez pas non plus rester dans ce taudis.

— Cela vaut bien une cave.

Allons ! Il y avait un léger mieux puisqu'il devenait capable d'ironiser sur son propre sort.

— Pour commencer, nous allons déjeuner gentiment ensemble. Vous avez faim. Mais si...

— Je ne mangerai quand même pas.

Ce qu'il pouvait être jeune, bon Dieu !

— Mais moi, je mangerai. J'ai une faim de loup, affirma Maigret. Vous serez sage. L'ami que vous connaissez et qui vous a suivi jusqu'ici est plus leste que moi et aura l'œil sur vous. N'est-ce pas, Georges-Henry ? Un bain aurait bien fait l'affaire, mais je ne vois pas la possibilité d'en prendre un ici. Lavez-vous le visage.

Il obéit d'un air boudeur. Maigret ouvrit la porte.

— Entre, Mimile. Je suppose que le taxi est toujours en bas ? Nous allons déjeuner tous les trois quelque part, dans un restaurant tranquille. Ou plutôt tous les deux, puisque tu as déjà mangé.

— Je recommencerai, n'ayez pas peur.

Il faut croire que Georges-Henry reprenait pied dans la vie, puisque, une fois en bas, ce fut lui qui objecta :

— Mais les vélos ?

— On viendra les rechercher ou on les enverra prendre.

Et, au chauffeur :

— Brasserie Dauphine.

Il était près de trois heures de l'après-midi quand ils se mirent à table dans l'ombre fraîche de la brasserie et qu'on posa devant eux d'imposantes piles de raviers.

7

LE POUSSIN DE MME MAIGRET

ALLO !... C'EST TOI, MADAME
Maigret ? Comment ? Où je suis ?

Ce mot-là lui rappela le temps de la P.J. quand il
restait des quatre et cinq jours sans rentrer chez lui,
sans parfois pouvoir donner de ses nouvelles et
quand il téléphonait enfin des endroits les plus inattendus.

— A Paris, tout simplement. Et j'ai besoin de toi.
Je te donne une demi-heure pour t'habiller. Je sais...
C'est impossible... Peu importe... Dans une demi-
heure, tu prendras l'auto de Joseph... Ou plutôt
c'est Joseph qui viendra te prendre. Comment ? Si
elle n'est pas libre ?... Ne crains rien, je lui ai déjà
téléphoné. Il te conduira aux Aubrais et à six heures
tu débarqueras à la gare d'Orsay. Dix minutes plus
tard, enfin, un taxi te déposera place des Vosges.

C'était leur ancien domicile parisien qu'ils avaient
conservé. Sans attendre l'arrivée de sa femme, Maigret y conduisit Georges-Henry et Mimile. Il y avait
des papiers gris devant les vitres, des housses et
encore des journaux sur tous les meubles, de la poudre insecticide sur les tapis.

— Un petit coup de main, les enfants...

On ne peut pas dire que Georges-Henry se fût
humanisé au cours du repas. Mais, s'il n'avait pas

desserré les dents pour parler, s'il avait continué à lancer à Maigret des regards farouches, du moins avait-il mangé avec un bel appétit.

— Je me considère toujours comme un prisonnier, articula-t-il, une fois dans l'appartement, et je vous préviens que je m'échapperai dès que j'en aurai l'occasion. Vous n'avez pas le droit de me retenir ici.

— C'est cela ! En attendant, un petit coup de main, s'il vous plaît !

Et Georges-Henry se mit au travail comme les autres, pliant les papiers, retirant les housses, maniant enfin l'aspirateur électrique. Ils avaient terminé et le commissaire versait de l armagnac dans trois petits verres du beau service qu'on n'avait pas emporté à la campagne par crainte de le casser, quand Mme Maigret arriva.

— C'est pour moi que tu prépares un bain ? s'étonna-t-elle en entendant couler l'eau dans la baignoire.

— Non, ma chérie. C'est pour ce jeune homme, un charmant garçon qui va rester ici avec toi. On l'appelle Georges-Henry. Il a promis de s'enfuir à la première occasion, mais je compte sur Mimile, que je te présente, et sur toi pour l'empêcher de partir. Vous croyez que vous avez digéré, Georges-Henry ? Alors, passez dans la salle de bains.

— Tu t'en vas ?... Tu rentreras pour dîner ?... Tu ne sais pas, comme toujours ! Et il n'y a rien à manger ici.

— Tu as tout le temps de faire ton marché pendant que Mimile gardera le petit.

Il lui dit quelques mots à voix basse et elle regarda avec une soudaine douceur la porte de la salle de bains.

— Bon ! J'essayerai. Quel âge a-t-il ? Dix-sept ans ?

Une demi-heure plus tard, Maigret se retrouvait

dans l'atmosphère familiale de la P.J. et s'informa de Torrence.

— Il est rentré, patron. Il doit être dans son bureau, à moins qu'il soit descendu boire un demi. J'ai déposé un message pour vous sur votre ancien bureau.

Il s'agissait d'un coup de téléphone reçu vers trois heures :

Voulez-vous dire au commissaire Maigret que, lundi de la semaine dernière, Bernadette Amorelle a fait venir son notaire pour rédiger son testament ? C'est Me Ballu, qui doit habiter Paris.

La standardiste ne savait pas exactement d'où le coup de téléphone était parti. Elle avait seulement entendu sur la ligne une employée qui disait :

« Allô ! Corbeil ! Je vous donne Paris. »

Cela venait donc vraisemblablement d'Orsenne ou des environs.

— C'était une voix de femme. Je me trompe peut-être, mais j'ai l'impression qu'il s'agissait de quelqu'un qui n'a pas l'habitude de téléphoner.

— Vous demanderez au bureau de Corbeil l'origine du coup de téléphone.

Il entra chez Torrence, qui était occupé à rédiger un rapport.

— Je me suis renseigné comme vous me l'avez demandé, patron. Je me suis adressé à une douzaine de cercles, mais je n'ai trouvé trace d'Ernest Malik que dans deux d'entre eux, le *Haussmann* et le *Sporting*. Malik y va encore de temps en temps, mais beaucoup moins régulièrement qu'autrefois. Il paraît que c'est un joueur de poker de première force. Il ne s'approche jamais de la table de baccara. Poker et écarté. Il perd rarement ! Au *Sporting*, j'ai eu la chance de tomber sur un vieil inspecteur des jeux qui l'a connu il y a une trentaine d'années.

» Alors qu'il était encore étudiant, Malik était un

111

des plus forts joueurs de poker du Quartier Latin. Le vieil inspecteur, qui était garçon de café à *La Source* à cette époque, prétend que c'est aux cartes qu'il gagnait sa matérielle.

» Il se fixait un chiffre qu'il ne dépassait pas. Dès qu'il avait gagné une somme déterminée, il avait le sang-froid de se retirer, ce qui le faisait assez mal voir de ses partenaires.

— Tu connais un notaire Ballu, toi ?

— J'ai déjà entendu ce nom-là. Attendez !

Il feuilleta un annuaire.

— Batin... Babert... Bailly... Ballu... 75, quai Voltaire. C'est en face !

Chose curieuse, cette histoire de notaire chiffonnait l'ex-commissaire. Il n'aimait pas qu'on vînt ainsi le troubler en le jetant soudain sur une nouvelle piste, et il fut sur le point de ne pas s'en préoccuper.

Au standard, on lui annonça que l'appel venait de la cabine de Seine-Port, à cinq kilomètres d'Orsenne. La receveuse de Seine-Port, interrogée au bout du fil, répondit qu'il s'agissait d'une femme de vingt-cinq à trente ans, qu'elle n'en connaissait pas davantage.

— Je ne l'ai pas beaucoup regardée, parce que c'était l'heure des sacs postaux. Comment ? Plutôt quelqu'un du peuple... Oui ! Peut-être une domestique.

Malik n'aurait-il pas été capable de faire téléphoner par une de ses domestiques ?

Maigret se fit annoncer chez Me Ballu, dont l'étude était fermée, mais qui voulut bien le recevoir. Il était très vieux, presque aussi vieux que Bernadette Amorelle elle-même. Ses lèvres étaient toutes jaunies par la nicotine, il parlait d'une petite voix cassée, puis tendait un cornet acoustique en écaille vers son interlocuteur.

— Amorelle ! Oui, j'entends bien. C'est une vieille amie, en effet ! Cela date... Attendez... C'était avant l'exposition de 1900 que son mari est venu me voir pour une affaire de terrains. Un curieux homme ! Je me souviens de lui avoir demandé s'il était parent avec les Amorelle de Genève, une vieille famille protestante qui...

Il voulut bien déclarer qu'il était, en effet, allé à Orsenne le lundi de la semaine précédente. Mais oui, Bernadette Amorelle avait rédigé avec lui un nouveau testament. Sur ce testament lui-même, il ne pouvait rien dire, évidemment. Il était là, dans son coffre d'un ancien modèle.

S'il y avait eu d'autres testaments avant celui-là ? Peut-être dix, peut-être davantage ? Oui, sa vieille amie avait la manie des testaments, une manie bien innocente, n'est-ce pas ?

Etait-il question de Monita Malik dans ce nouveau document ? Le notaire regrettait. Il ne pouvait rien dire à ce sujet. Secret professionnel !

— Elle a bon pied, bon œil, allez ! Je suis sûr que ce n'est pas encore son dernier testament et que j'aurai encore le plaisir d'aller la voir.

Ainsi, Monita était morte vingt-quatre heures après cette visite du notaire à Orsenne. Est-ce qu'il y avait un rapport entre les deux événements ?

Pourquoi diable s'était-on donné la peine de jeter, en quelque sorte, cette nouvelle histoire dans les jambes de Maigret ?

Il longeait les quais. Il allait rentrer chez lui, dîner en compagnie de sa femme, de Georges-Henry et de Mimile. Du pont de la Cité, il vit un remorqueur qui remontait la Seine avec ses cinq ou six péniches. Un remorqueur Amorelle et Campois. Au même moment passait un gros taxi jaune du dernier modèle, presque neuf, et ces détails sans importance eurent sans doute une influence sur sa décision.

Il ne réfléchit pas. Il leva le bras. Le taxi s'arrêta au bord du trottoir.

— Vous avez de l'essence pour une longue course ?

Peut-être que, si le réservoir de l'auto n'avait pas été plein...

— Route de Fontainebleau. Après Corbeil, je vous conduirai.

Il n'avait pas dîné, mais il avait déjeuné assez tard. Il se fit arrêter devant un bureau de tabac pour acheter un paquet de gris et des allumettes.

La soirée était douce, le taxi découvert. Il s'était assis à côté du chauffeur, peut-être avec l'idée d'engager la conversation. Mais il desserra à peine les dents.

— A gauche, maintenant.

— Vous allez à Orsenne ?

— Vous connaissez ?

— Il m'est arrivé, il y a des années, de conduire des clients à *L'Ange.*

— Nous allons plus loin. Continuez le chemin de halage. Ce n'est pas cette villa-ci, ni la suivante. Continuez toujours.

Il fallait prendre un petit chemin à droite pour atteindre la maison de Campois, une maison qu'on ne voyait pas du dehors, car elle était complètement entourée de murs et, au lieu d'une grille, il y avait une porte pleine peinte en vert pâle.

— Attendez-moi !

— J'ai le temps ! Je venais de dîner quand vous m'avez fait signe.

Il tira la sonnette et on entendit dans le jardin un agréable carillon qui faisait penser à la cloche d'un presbytère. Deux vieilles bornes flanquaient le portail et une petite porte était aménagée dans un des portants.

— On n'a pas l'air de répondre, remarqua le chauffeur.

Il n'était pas tard, un peu plus de huit heures du soir. Maigret sonna à nouveau et, cette fois, on entendit sur le gravier des pas qui se rapprochaient ; une vieille servante en tablier bleu tourna une lourde clef dans la serrure, entrouvrit à peine la petite porte et jeta à Maigret un regard soupçonneux.

— Qu'est-ce que vous voulez ?

Il entrevoyait un jardin touffu, plein de fleurs sans prétention, de recoins inattendus et de mauvaises herbes, qui le fit penser à un jardin de curé.

— Je voudrais parler à M. Campois.

— Il est parti.

Déjà elle allait refermer la porte, mais il avait avancé le pied pour l'en empêcher.

— Pouvez-vous me dire où il est possible de le trouver ?

Est-ce qu'elle savait qui il était pour l'avoir vu rôder à Orsenne ?

— Vous ne le trouverez sûrement pas. M. Campois est en voyage.

— Pour longtemps ?

— Pour six semaines, au moins.

— Excusez-moi d'insister, mais il s'agit d'une affaire très importante. Puis-je au moins lui écrire ?

— Vous pouvez lui écrire si ça vous fait plaisir, mais je doute qu'il reçoive vos lettres avant son retour. Monsieur va faire une croisière en Norvège à bord du *Stella-Polaris*.

Juste à ce moment, Maigret entendit, dans le jardin, derrière la maison, le bruit d'un moteur qu'on essayait de mettre en marche et qui toussotait.

— Vous êtes sûre qu'il est déjà parti ?

— Puisque je vous dis...

— Et son petit-fils ?

— Il emmène M. Jean avec lui.

Maigret poussa la porte non sans peine, car la cuisinière la poussait vigoureusement.

— Qu'est-ce qui vous prend ? En voilà des manières !

— Il me prend que M. Campois n'est pas encore parti.

— Cela le regarde. Il ne veut voir personne.

— Il me recevra cependant.

— Voulez-vous bien sortir, espèce de grossier !

Débarrassé d'elle, qui refermait prudemment la porte derrière lui, il traversait le jardin, découvrait une maison rose toute simple, avec des rosiers qui montaient à l'assaut des fenêtres à volets verts.

Comme il levait la tête, son regard rencontra une fenêtre ouverte et, à cette fenêtre, un homme qui le regardait avec une sorte d'effroi.

C'était M. Campois, l'associé de feu Amorelle.

Il y avait des malles dans le large vestibule tout imprégné de fraîcheur et d'une bonne odeur de fruits mûrissants dans laquelle la vieille servante le rejoignit.

— Du moment que Monsieur vous a dit d'entrer... bougonnait-elle.

Et elle ouvrit à regret la porte d'un salon qui ressemblait à un parloir, avec, dans un coin, près d'une fenêtre aux volets mi-clos, un de ces vieux bureaux noirs qui rappelaient les maisons de commerce de jadis, les classeurs verts, les employés juchés sur de hautes chaises, un rond de cuir sous les fesses et une visière sur le front.

— Vous n'avez qu'à attendre ! Tant pis s'il rate son bateau.

Les murs étaient couverts de papier peint terni et, sur ce papier peint, des photographies se détachaient dans leurs cadres noirs ou dorés. Il y avait l'inévitable photo de mariage, un Campois déjà replet, les cheveux en brosse, avec, penchée sur son épaule, une tête de femme aux lèvres épaisses et au doux regard de mouton.

Tout de suite à droite, un jeune homme d'une vingtaine d'années, le visage plus allongé que celui de ses parents, les yeux doux, lui aussi, dans une pose pleine de timidité. Et, sous ce cadre, un nœud de crêpe.

Maigret s'approchait d'un piano encombré de photographies quand la porte s'ouvrit. Campois se tenait debout dans l'encadrement et il parut à Maigret plus petit et plus vieux que quand il l'avait aperçu une première fois.

C'était déjà un très vieil homme, malgré sa carrure et sa robustesse de paysan.

— Je sais qui vous êtes, dit-il sans préambule. Je n'ai pas pu refuser de vous recevoir, mais je n'ai rien à vous dire. Je pars dans quelques minutes pour un long voyage.

— Où embarquez-vous, monsieur Campois ?

— Au Havre, qui est le point de départ de la croisière.

— Vous devez sans doute prendre le train de dix heures vingt-deux à Paris ? Vous y serez.

— Je vous demande pardon, mais mes bagages ne sont pas terminés. En outre, je n'ai pas dîné. Je vous répète que je n'ai absolument rien à vous dire.

De quoi avait-il peur ? Car il avait peur, c'était visible. Il était vêtu de noir, avec une cravate noire montée sur un appareil, et le blanc de son teint tranchait vigoureusement dans le clair-obscur de la pièce. Il avait laissé la porte ouverte, comme pour signifier que cet entretien devait être bref, et il n'invitait pas son visiteur à s'asseoir.

— Vous avez fait beaucoup de croisières dans ce genre ?

— C'est...

Est-ce qu'il allait mentir ? Il en eut certainement le désir. On avait l'impression qu'il lui manquait quelqu'un auprès de lui pour lui souffler ce qu'il devait dire. Sa vieille honnêteté reprenait le dessus. Il ne savait pas mentir. Il avouait :

— C'est la première fois.

— Et vous avez soixante-quinze ans ?

— Soixante-dix-sept !

Allons ! Il valait mieux jouer le tout pour le tout. Le pauvre homme n'était pas de taille à se défendre longtemps et son regard peureux montrait qu'il était vaincu d'avance, et, peut-être, il était résigné déjà à cette défaite.

— Je suis sûr, monsieur Campois, qu'il y a trois jours encore vous ignoriez tout de ce voyage. Ja parierais même qu'il vous fait un peu peur ! Les fjords de Norvège, à votre âge !...

Il balbutia, comme une leçon apprise :

— J'ai toujours désiré visiter la Norvège.

— Mais vous ne pensiez pas le faire ce mois-ci ! Quelqu'un y a pensé pour vous, n'est-ce pas ?

— Je ne sais pas ce que vous voulez dire. Mon petit-fils et moi...

— Votre petit-fils a dû être aussi étonné que vous. Peu importe, pour l'instant, qui a organisé pour vous cette croisière. Au fait, savez-vous où les billets ont été pris ?

Il n'en savait rien, son regard ahuri le proclamait. On lui avait dicté un rôle. Il le jouait en toute conscience. Mais il y avait des incidents qu'on n'avait pas prévus, entre autres cette intrusion inopinée de Maigret, et le pauvre homme ne savait plus à quel saint se vouer.

— Ecoutez, monsieur le commissaire, je vous répète que je n'ai rien à vous dire. Je suis chez moi. Je pars tout à l'heure en voyage. Admettez que j'ai le droit de vous demander de me laisser tranquille.

— Je suis venu pour vous parler de votre fils.

Il l'avait prévu, le vieux Campois se troubla, devint tout pâle, jeta au portrait un regard de détresse.

— Je n'ai rien à vous dire, répéta-t-il, se raccrochant à cette phrase qui ne signifiait plus rien.

Maigret tendit l'oreille, car il avait perçu un léger

bruit dans le corridor. Campois devait l'avoir entendu aussi, et il se dirigea vers la porte et dit :

— Laissez-nous, Eugénie. On peut charger les bagages dans l'auto. Je viens tout de suite.

Cette fois, il referma la porte et alla s'asseoir machinalement à sa place, devant son bureau qui avait dû le suivre pendant sa longue carrière. Maigret s'assit en face de lui sans y être invité.

— J'ai beaucoup réfléchi, monsieur Campois, à la mort de votre fils.

— Pourquoi venez-vous me parler de cela ?

— Vous le savez bien. La semaine dernière, une jeune fille que vous connaissez est morte dans les mêmes conditions. Tout à l'heure, j'ai quitté un jeune homme qui a bien failli avoir la même fin. Par votre faute, n'est-ce pas ?

Il protesta dans un élan :

— Par ma faute ?

— Oui, monsieur Campois ! Et cela aussi, vous le savez. Vous ne voulez peut-être pas l'admettre, mais, au fond de vous-même...

— Vous n'avez pas le droit de venir chez moi me dire des choses aussi monstrueuses. Toute ma vie, j'ai été un honnête homme.

Mais il ne lui laissa pas le temps de se perdre dans des protestations.

— Où Ernest Malik a-t-il fait la connaissance de votre fils ?

Le vieillard se passa la main sur le front.

— Je ne sais pas.

— Vous habitiez déjà Orsenne ?

— Non ! A cette époque, j'habitais Paris, dans l'île Saint-Louis. Nous avions un grand appartement au-dessus des bureaux qui n'étaient pas encore aussi importants que maintenant.

— Votre fils travaillait dans ces bureaux ?

— Oui. Il venait de passer sa licence en droit.

— Les Amorelle avaient déjà leur villa d'Orsenne ?

— Ils sont arrivés ici les premiers, oui. Bernadette était une femme très remuante. Elle aimait recevoir. Il y avait toujours de la jeunesse autour d'elle. Le dimanche, elle invitait de nombreux amis à la campagne. Mon fils y venait aussi.

— Il était amoureux de l'aînée des demoiselles Amorelle ?

— Ils étaient fiancés.

— Et Mlle Laurence l'aimait ?

— Je ne sais pas. Je le suppose. Pourquoi me demandez-vous cela ? Après tant d'années...

Il aurait bien voulu échapper à cette sorte d'envoûtement sous lequel le commissaire le tenait. La pénombre envahissait de plus en plus la pièce où les portraits les regardaient de leurs yeux morts. Machinalement, le vieillard avait saisi une pipe d'écume à long tuyau de merisier, qu'il ne pensait pas à bourrer de tabac.

— Quel âge avait Mlle Laurence à cette époque ?

— Je ne sais plus. Il faudrait compter. Attendez...

Il balbutia des dates, du bout des lèvres, comme on récite un chapelet. Son front se plissait. Peut-être espérait-il encore qu'on viendrait le délivrer ?

— Elle devait avoir dix-sept ans.

— Sa sœur cadette, Mlle Aimée, en avait donc quinze à peine ?

— Cela doit être cela, oui. J'ai oublié.

— Et votre fils a fait la connaissance d'Ernest Malik, qui, si je ne me trompe, était alors secrétaire particulier d'un conseiller municipal. C'est par ce conseiller qu'il avait connu lui-même les Amorelle. C'était un jeune homme brillant.

— Peut-être...

— Il est devenu l'ami de votre fils et, sous son influence, votre fils a changé de caractère ?

120

— C'était un garçon très bon, très doux, protesta le père.

— Qui s'est mis à jouer et à faire des dettes...

— Je ne savais pas.

— Des dettes de plus en plus importantes, de plus en plus criardes. Si bien qu'un jour il en a été réduit aux expédients.

— Il aurait mieux fait de tout m'avouer.

— Vous êtes sûr que vous auriez compris ?

Le vieux baissa la tête, admit :

— A ce moment-là, peut-être que...

— Peut-être que vous n'auriez pas compris, que vous l'auriez jeté dehors. S'il vous avait dit, par exemple, qu'il avait pris de l'argent dans la caisse de votre associé, ou qu'il avait falsifié des écritures, ou...

— Taisez-vous !

— Il a préféré disparaître. Peut-être parce qu'on lui a conseillé de disparaître ? Peut-être que...

Campois passa ses deux mains sur son visage crispé.

— Mais pourquoi venez-vous me dire tout cela aujourd'hui ? Qu'est-ce que vous espérez ? Quel but poursuivez-vous ?

— Avouez, monsieur Campois, qu'à cette époque-là vous avez pensé ce que je pense aujourd'hui.

— Je ne sais pas ce que vous pensez... Je ne veux pas le savoir !

— Si même, au moment de la mort de votre fils, vous n'avez pas eu tout de suite des soupçons, vous avez dû réfléchir quand vous avez vu Malik épouser, quelques mois plus tard, Mlle Amorelle. Vous comprenez, n'est-ce pas ?

— Je ne pouvais rien faire.

— Et vous avez assisté au mariage !

— Il le fallait. J'étais l'ami d'Amorelle, son associé. Il s'était entiché d'Ernest Malik et il ne voyait plus que par lui.

— De sorte que vous vous êtes tu.

— J'avais une fille qui n'était pas encore mariée et qu'il fallait marier.

Maigret se leva, lourd, menaçant, laissa tomber sur le vieillard abattu un regard plein de colère concentrée.

— Et, pendant des années et des années, vous avez...

La voix, qui s'était enflée, mollissait à nouveau, tandis qu'il regardait ce visage de vieil homme dont les yeux se remplissaient de liquide.

— Mais enfin, reprit-il avec une sorte d'angoisse, vous avez toujours su ce qu'était ce Malik qui a tué votre fils.

» Et vous n'avez rien dit !

» Et vous avez continué à lui serrer la main !

» Et vous avez acheté cette maison près de la sienne !

» Et, aujourd'hui encore, vous êtes prêt à lui obéir !

— Qu'est-ce que je pouvais faire d'autre ?

— Parce qu'il vous a acculé presque à la pauvreté. Parce que, par Dieu sait quelles combinaisons savantes, il est parvenu à vous délester de la plupart de vos actions. Parce que vous n'êtes plus rien, qu'un nom, dans la maison Amorelle et Campois. Parce que...

Et son poing s'abattit sur le bureau.

— Mais, sacrebleu ! vous ne vous rendez pas compte que vous êtes un lâche, que c'est à cause de vous que Monita est morte comme votre fils et qu'un gamin, Georges-Henry, a failli suivre leur exemple ?

— J'ai ma fille, mon petit-fils. Je suis vieux !

— Vous n'étiez pas vieux quand votre fils s'est tué. Mais vous teniez déjà à vos sous que vous n'avez même pas été capable de défendre contre un Malik.

Il faisait presque sombre, maintenant, dans la longue pièce où aucun des deux hommes ne songeait à allumer les lampes.

D'une voix sourde, le vieillard questionnait, et on le sentait en proie à la peur :

— Qu'est-ce que vous allez faire ?

— Et vous ?

Les épaules de Campois se tassèrent.

— Vous comptez toujours partir pour cette croisière dont vous n'avez pas envie ? Vous n'avez pas compris, non, qu'on vous éloignait dare-dare comme on éloigne les faibles dans les moments dramatiques ? Quand cette croisière a-t-elle été décidée ?

— Malik est venu me voir hier matin. Je ne voulais pas, mais j'ai dû finir par céder.

— Quel prétexte a-t-il choisi ?

— Que vous cherchiez à nous créer des ennuis au sujet de nos affaires de société. Qu'il valait mieux que je ne sois pas là.

— Vous l'avez cru ?

Le vieillard ne répondit pas, reprit un peu plus tard d'une voix lasse :

— Il est déjà venu trois fois aujourd'hui. Il a tout bousculé dans la maison pour hâter mon départ. Une demi-heure avant votre arrivée, il m'a encore téléphoné pour me rappeler qu'il était l'heure.

— Vous tenez toujours à vous en aller ?

— Je crois que c'est préférable, étant donné ce qui va peut-être se passer. Mais je pourrais rester au Havre. Cela dépendra de mon petit-fils. Il voyait volontiers Monita. Je crois qu'il caressait des espoirs de ce côté. Il a été très ému par sa mort.

Le vieux se leva soudain et se précipita vers l'appareil mural de téléphone, d'un ancien modèle. La sonnerie avait retenti, brutale, le rappelant à l'ordre.

— Allô ! Oui... Les bagages sont chargés. Je pars dans cinq minutes... Oui... Oui... Non... Non... Ce n'était pas pour moi... Sans doute...

Il raccrocha et lança à Maigret un regard un peu honteux.

— C'est lui ! Il vaut mieux que je parte.

— Qu'est-ce qu'il vous a demandé ?

— Si personne n'était venu me voir. Il a vu passer un taxi. Je lui ai dit...

— J'ai entendu...

— Je peux partir ?

A quoi bon le retenir ? Il avait travaillé ferme, jadis. Il s'était élevé à la force des poignets. Il avait acquis une situation enviable.

Et, par peur de perdre son argent, par peur de la misère qu'il avait connue pendant son enfance, il avait serré les fesses. Il continuait à les serrer, arrivé à la fin de sa vie.

— Eugénie ! Les bagages sont dans l'auto ?

— Mais vous n'avez pas dîné !

— Je mangerai en route. Où est Jean ?

— Près de la voiture.

— Au revoir, monsieur le commissaire. Ne dites pas que vous m'avez vu. En continuant le petit chemin et en tournant à gauche quand vous verrez une croix de pierre, vous retrouverez la grand-route à trois kilomètres d'ici. Il y a un tunnel sous la voie de chemin de fer.

Maigret traversa lentement le jardin baigné de calme, où la cuisinière le suivait à pas de gendarme. Le chauffeur de taxi s'était assis dans l'herbe sur le bord du chemin et jouait avec des fleurs des champs. Avant de remonter dans la voiture, il en mit une derrière son oreille, comme les mauvais garçons mettent une cigarette.

— On fait demi-tour ?

— Tout droit, grogna Maigret en allumant sa pipe. Puis à gauche quand vous verrez une croix.

Bientôt, ils entendaient dans la nuit le moteur d'une autre auto qui s'en allait en sens inverse, celle du vieux Campois qui allait se mettre à l'abri.

CHAPITRE

8

LE CADAVRE DANS L'ARMOIRE

POUR ENTRETENIR SA
mauvaise humeur, il fit arrêter le taxi devant un
bistro, mal éclairé, dans Corbeil, et il commanda
deux verres de marc, un pour le chauffeur, l'autre
pour lui.

L'âpre goût de l'alcool lui serra le fond de la
gorge, et il pensa que cette enquête s'était faite
« sous le signe » du marc. Pourquoi ? Pur hasard.
C'était sans doute la boisson qu'il aimait le moins.
D'ailleurs, il y avait eu aussi l'écœurant kummel de
la vieille Jeanne, et ce souvenir-là, ce tête-à-tête avec
la vieille, alcoolique et bouffie, lui donnait encore
le haut-le-cœur.

Pourtant elle avait été belle. Elle avait aimé Malik,
qui s'était servi d'elle comme il se servait de tout ce
qui l'approchait. Et c'était maintenant un curieux
mélange d'amour et de haine, de rancune et de
dévouement animal qu'elle cultivait pour cet
homme qui n'avait qu'à paraître et lui donner des
ordres.

Il y a des gens comme ça dans le monde. Il y en
a d'autres, comme ces deux clients du petit bar, les
deux seuls clients à cette heure tardive, un gros, qui
était charcutier, et un maigre, malin, pontifiant, tout
fier d'être employé dans un bureau, peut-être à la

mairie, tous deux qui, à dix heures du soir, jouaient aux dames près d'un gros tuyau de poêle auquel, de temps en temps, le charcutier s'appuyait.

Le charcutier était sûr de lui, parce qu'il avait de l'argent et que cela lui était égal de perdre la tournée. La maigre trouvait que le monde est mal fait parce qu'un intellectuel qui a fait des études devrait avoir la vie plus facile qu'un tueur de cochons.

— Encore un marc... deux marcs, pardon !

Campois roulait en direction de la gare Saint-Lazare, en compagnie de son petit-fils. Il devait être tout barbouillé, lui aussi. Sans doute les dures paroles de Maigret lui repassaient-elles dans la mémoire, et le reste, d'anciens souvenirs.

Il s'en allait au Havre. Pour un peu, il serait parti vers les fjords de Norvège, sans en avoir envie, comme un colis, parce que Malik... et c'était déjà un très vieil homme. C'est pénible de dire à d'aussi vieilles gens les vérités que Maigret avait dites.

On roulait à nouveau. Le commissaire, dans son coin, restait sombre et renfrogné.

Bernadette Amorelle était encore une plus vieille femme. Et ce qu'il ne savait pas, ce qu'il ne pouvait pas savoir, parce qu'il n'était pas Dieu le Père, c'est qu'elle avait vu le vieux Campois passer dans son auto surchargée de malles.

Elle avait compris elle aussi. Peut-être était-elle plus fine que Maigret ? Il y a des femmes, des vieilles surtout, qui possèdent un véritable don de seconde vue.

Si Maigret avait été là, sur le ballast, par exemple, comme les deux soirs précédents, il aurait vu ses trois fenêtres ouvertes, avec de la lumière et, dans cet éclairage un peu rose, la vieille dame qui appelait sa femme de chambre.

— Il a fait partir le vieux Campois, Mathilde.

Il n'aurait pas entendu, mais il aurait vu les deux femmes s'entretenir longuement, aussi pointues

l'une que l'autre, puis il aurait vu Mathilde disparaître, Mme Amorelle aller et venir dans sa chambre,
sa fille enfin, Aimée, la femme de Charles Malik,
entrer avec un air de coupable.

C'était le drame qui se déclenchait. Il avait couvé
pendant plus de vingt ans. Depuis quelques jours,
depuis que Monita était morte, il était prêt à éclater
d'une minute à l'autre.

— Arrêtez-moi ici !

Au beau milieu du pont d'Austerlitz. Il n'avait pas
envie de rentrer chez lui tout de suite. La Seine était
noire. Il y avait de petites lumières sur les péniches
endormies, des ombres qui rôdaient sur les quais.

Maigret fumait, marchait lentement, les mains
dans les poches, dans les rues désertes où les réver-
bères formaient comme des guirlandes.

Place de la Bastille, au coin de la rue de la
Roquette, on voyait des lumières plus aiguës, écla-
tantes, de cet éclat blafard qui est le luxe des quar-
tiers pauvres — comme certaines baraques foraines,
celles où l'on joue pour gagner des paquets de sucre
ou des bouteilles de mousseux —, les lumières qu'il
faut, probablement, pour faire sortir les gens de
leurs petites rues sombres et étouffantes.

Il marcha, lui aussi, vers ces lumières-là, vers le
café trop vaste et trop vide où sévissait un accordéon
et où quelques hommes, quelques femmes attendaient Dieu sait quoi en buvant.

Il les connaissait. Il avait passé tant d'années à
s'occuper des petites affaires des hommes qu'il les
connaissait tous — même les gens comme Malik, qui
se croient plus forts ou plus malins.

Avec ceux-ci, il y a un mauvais moment à passer,
celui où, malgré soi, on se laisse impressionner par
leur belle maison, par leur auto, par leurs domestiques et par leurs manières.

Il faut arriver à les voir comme les autres, à les
voir tout nus...

Maintenant, c'était Ernest Malik qui avait peur, aussi peur qu'un petit maquereau de la rue de la Roquette qu'on fait grimper, à deux heures du matin, au cours d'une rafle, dans le panier à salade.

Maigret ne voyait pas les deux femmes, dans la chambre de Bernadette, jouer une scène pathétique. Il ne voyait pas Aimée, la femme de Charles, tomber à genoux au milieu du tapis, se traîner à genoux aux pieds de sa mère.

Cela n'avait plus d'importance. Chaque famille, comme disent les Anglais, a son « cadavre dans l'armoire ».

Deux belles maisons, là-bas, au bord de la rivière, à un coude qui rendait celle-ci plus large et plus aimable, deux belles maisons harmonieuses dans la verdure entre des collines molles, de ces maisons qu'on regarde en soupirant, par les portières des trains.

On devrait y être tellement heureux !

Et de longues vies, comme celle d'un Campois qui avait beaucoup travaillé, qui était maintenant tout usé et qu'on envoyait sur une voie de garage.

Une Bernadette Amorelle qui avait dépensé tant de trépidante énergie.

Il marchait, furieux. La place des Vosges était déserte. Il y avait de la lumière à ses fenêtres. Il sonna, grogna son nom en passant devant la loge de la concierge. Sa femme, qui reconnut son pas, vint lui ouvrir.

— Chut ! il dort. Il vient seulement de s'endormir.

Et après ? Est-ce qu'il n'allait pas le réveiller, le prendre aux épaules, le secouer ?

— Allons, petit d'homme, ce n'est plus le moment de faire des manières.

Qu'on en finisse une bonne fois avec ce cadavre dans l'armoire, avec cette affaire écœurante où, d'un bout à l'autre, il n'était salement question que d'argent.

Car voilà tout ce qu'il y avait derrière ces belles maisons aux parcs si bien entretenus : de l'argent !

— Tu as l'air d'être de mauvaise humeur. Tu as dîné ?

— Oui... Non.

Au fait, il n'avait pas dîné et il mangea tandis que Mimile prenait le frais à la fenêtre en fumant des cigarettes. Quand il se dirigea vers la chambre d'ami où dormait Georges-Henry, Mme Maigret protesta :

— Tu ne devrais pas le réveiller.

Il haussa les épaules. Quelques heures de plus ou de moins... Qu'il dorme ! Sans compter que lui aussi avait sommeil.

Il ne savait pas quel drame se jouait cette nuit-là.

Il ne pouvait pas deviner que Bernadette Amorelle, toute seule, sortait de chez elle dans la nuit et que sa fille cadette, Aimée, les yeux fous, essayait en vain de téléphoner, cependant que Charles, derrière elle, répétait :

— Mais qu'est-ce que tu as ? Qu'est-ce que ta mère t'a dit ?

Maigret ne s'éveilla qu'à huit heures du matin.

— Il dort toujours, lui annonça sa femme.

Il se rasa, s'habilla, déjeuna sur un coin de table et bourra sa première pipe. Quand il entra dans la chambre du jeune homme, celui-ci commençait à s'agiter.

— Lève-toi, lui dit-il de cette voix calme, un peu lasse, qu'il avait quand il était décidé à en finir.

Il mit quelques instants à comprendre pourquoi le gamin n'osait pas se lever. C'est qu'il était tout nu dans les draps et qu'il n'osait pas se montrer.

— Reste couché si tu veux. Tu t'habilleras tout à l'heure. Comment as-tu appris ce que ton père a fait ? C'est Monita qui te l'a dit, n'est-ce pas ?

Georges-Henry le fixait avec une véritable épouvante.

— Tu peux parler, maintenant que je sais...

— Qu'est-ce que vous savez ? Qui est-ce qui vous a dit ?

— Le vieux Campois savait aussi.

— Vous êtes sûr ? Ce n'est pas possible. S'il avait su...

— Que ton père a tué son fils. Seulement il ne l'a pas tué d'un coup de couteau ou d'une balle de revolver. Et ces crimes-là...

— Qu'est-ce qu'on vous a encore dit ? Qu'est-ce que vous avez fait ?

— Ma foi, il y a tant de saletés dans cette histoire qu'une de plus ou de moins...

Il était écœuré. Cela lui arrivait souvent quand il arrivait au bout d'une enquête, peut-être à cause de la tension nerveuse, peut-être parce que, quand on atteint à l'homme tout nu, c'est plutôt vilain et déprimant.

Il régnait une bonne odeur dans l'appartement. On entendait les oiseaux et les fontaines de la place des Vosges. Des gens s'en allaient à leur travail, dans le soleil frais et léger du matin.

Devant lui, un gamin pâle qui se couvrait jusqu'au menton et qui ne le quittait pas des yeux.

Qu'est-ce que Maigret pouvait faire pour lui, pour les autres ? Rien ! On n'arrête pas un Malik. La justice ne s'occupe pas de ces crimes-là. Il n'y aurait qu'une solution...

C'est drôle qu'il y pensa juste avant le coup de téléphone. Il était là, debout, tirant sur sa pipe, embarrassé par ce gamin qui ne savait que faire, et il eut un instant la vision d'un Ernest Malik à qui on glissait un revolver dans la main, à qui on ordonnait posément :

« Tire ! »

130

Mais il ne tirerait pas ! Il n'accepterait pas de se tuer ! Il faudrait l'aider.

La sonnerie résonnait avec insistance dans l'appartement. Mme Maigret répondait, frappait à la porte.

— C'est pour toi, Maigret.

Il passa dans la salle à manger, saisit le récepteur.

— J'écoute...

— C'est vous, patron ? Ici, Lucas. En arrivant à la P.J., je trouve un message important pour vous d'Orsenne, oui... Cette nuit, Mme Amorelle...

On ne l'aurait peut-être pas cru s'il avait prétendu que, dès ce moment, il savait. Et pourtant c'était vrai.

Elle avait suivi à peu près le même chemin que lui, parbleu. Elle était arrivée aux mêmes conclusions, presque à la même heure. Seulement, elle, elle était allée jusqu'au bout.

Et, comme elle savait qu'un Malik ne tirerait pas, elle avait tiré, calmement.

— ... Mme Amorelle a abattu Ernest Malik d'un coup de revolver. Chez lui, oui... Dans son bureau. Il était en pyjama et en robe de chambre. C'est la gendarmerie qui a téléphoné ici à la première heure pour qu'on avertisse, car elle demande à vous voir...

— J'irai, dit-il.

Il rentra dans la chambre où le jeune homme, qui avait passé son pantalon, montrait un torse encore maigre.

— Ton père est mort, annonça-t-il en regardant ailleurs.

Un silence. Il se retourna. Georges-Henry ne pleurait pas, restait immobile à le regarder.

— Il s'est tué ?

Ainsi donc, ils n'étaient pas deux, mais trois à avoir pensé à la même solution. Qui sait si le gamin n'avait pas été tenté, à certain moment, de tenir l'arme ?

Il y avait néanmoins un reste d'incrédulité dans sa voix tandis qu'il questionnait :

— Il s'est tué ?

— Non. C'est ta grand-mère.

— Qui est-ce qui lui a dit ?

Il se mordit les lèvres.

— Qui lui a dit quoi ?

— Ce que vous savez... Campois ?

— Non, mon petit. Ce n'est pas à cela que tu pensais...

Et, ce qui lui prouvait qu'il avait raison, c'est que son interlocuteur rougissait.

— Il y a autre chose, n'est-ce pas ? Ce n'est pas parce que ton père, jadis, a poussé le fils Campois à se suicider que Bernadette Amorelle l'a abattu.

Il marcha de long en large. Il aurait pu insister. Il serait venu à bout d'un adversaire qui n'était pas à sa taille.

— Reste ici, prononça-t-il enfin.

Il alla prendre son chapeau dans la salle à manger.

— Continuez à le surveiller, lança-t-il à sa femme et à Mimile, qui déjeunait à son tour.

Le temps était radieux, l'air tellement savoureux dans sa fraîcheur matinale qu'on avait envie d'y mordre comme dans un fruit.

— Taxi... Route de Fontainebleau. Je vous guiderai.

Il y avait trois ou quatre voitures sur le chemin de halage, celles du Parquet, sans doute. Quelques curieux devant la grille que gardait un gendarme indifférent. Il salua Maigret, qui s'avança le long de l'allée et qui gravit bientôt le perron.

Le commissaire de la brigade mobile de Melun était déjà là, le chapeau sur la tête, un cigare entre les lèvres.

— Content de vous revoir, Maigret... Je ne savais pas que vous aviez repris du service. Une curieuse affaire, hein ! Elle vous attend. Elle refuse de parler avant de vous avoir vu. C'est elle qui a téléphoné, cette nuit, vers une heure, à la gendarmerie, pour annoncer qu'elle venait de tuer son gendre.

» Vous allez la voir. Elle est aussi calme que si elle venait de faire des confitures ou de ranger ses armoires.

» C'est d'ailleurs à ranger ses affaires qu'elle a passé la nuit et, quand je suis arrivé, sa valise était prête...

— Où sont les autres !

— Son second gendre, Charles, est dans le salon avec sa femme. Le substitut et le juge d'instruction sont en train de les interroger. Ils prétendent qu'ils ne savent rien, que la vieille, depuis quelque temps, était étrange.

Maigret s'engagea lourdement dans l'escalier et, ce qui lui arrivait rarement, il vida sa pipe et la mit dans sa poche avant de frapper à la porte que gardait un second gendarme. Le geste était tout simple, et pourtant c'était comme un hommage rendu à Bernadette Amorelle.

— Qu'est-ce que c'est ?

— Le commissaire Maigret.

— Qu'il entre.

On l'avait laissée seule avec sa femme de chambre et, à l'entrée de Maigret, elle était assise devant un joli petit secrétaire et occupée à écrire une lettre.

— C'est pour mon notaire, dit-elle en s'excusant. Laissez-nous, Mathilde.

Le soleil entrait à flots par les trois fenêtres dans cette chambre où la vieille femme avait passé tant d'années. Il y avait une flamme joyeuse dans son regard et même — Dieu sait si le moment pouvait paraître incongru — une sorte de gaminerie.

Elle était contente d'elle. Elle était fière de ce qu'elle avait fait. Elle se montrait un peu narquoise à l'égard de ce gros commissaire qui, lui, n'aurait pas été capable d'en finir.

— Il n'y avait pas d'autre solution, n'est-ce pas ? dit-elle. Asseyez-vous. Vous savez que je déteste parler à des gens debout.

Puis, se levant elle-même, cillant un peu à cause du soleil qui l'éblouissait :

— Hier soir, quand j'ai enfin obtenu qu'Aimée m'avoue tout...

Il eut le malheur de broncher. A peine. Un tressaillement au nom d'Aimée, la femme de Charles Malik. Elle était aussi fine que lui et elle comprit.

— J'aurais dû m'en douter que vous ne saviez pas ça. Où est Georges-Henry ?

— Chez moi, avec ma femme.

— Dans votre maison de Meung ?

Et elle souriait au souvenir du Maigret qu'elle avait pris pour le domestique quand elle était allée le chercher dans son jardin, par la petite porte verte.

— A Paris, dans mon appartement de la place des Vosges.

— Il sait ?

— Je l'ai mis au courant avant de venir.

— Qu'est-ce qu'il a dit ?

— Rien, il est calme.

— Pauvre gosse ! Je me demande comment il a eu le courage de ne pas parler. Vous ne trouvez pas que c'est drôle, vous, d'aller en prison à mon âge ? Ces messieurs, d'ailleurs, sont bien gentils. Au début, ils ne voulaient pas me croire. Ils pensaient que je m'accusais pour sauver le vrai coupable. Pour un peu c'est eux qui auraient exigé des preuves.

» Cela s'est fort bien passé. Je ne sais pas exactement quelle heure il était. J'avais mon revolver dans mon sac. Je suis allée là-bas. Il y avait de la lumière au premier. J'ai sonné. Par la fenêtre, Malik m'a demandé ce que je voulais...

» — Te parler, lui ai-je répondu.

134

» Je suis sûre qu'il avait peur. Il me priait de revenir le lendemain, prétendait qu'il n'était pas bien, qu'il souffrait de névralgies.

» — Si tu ne descends pas tout de suite, lui ai-je crié, je te fais arrêter.

» Il a fini par descendre, en pyjama et en robe de chambre. Vous l'avez vu ?

— Pas encore.

— J'ai insisté : Allons dans ton bureau. Où est ta femme ?

» — Elle est couchée. Je crois qu'elle dort.

» — Tant mieux.

» — Vous êtes sûre, maman, que nous ne pouvons pas remettre cette conversation à demain ?

» Et savez-vous ce que je lui ai répondu ?

» — Cela ne t'avancerait pas beaucoup, va. Quelques heures de plus ou de moins...

» Il essayait de comprendre. Il était froid comme un brochet. J'ai toujours prétendu qu'il ressemblait à un brochet, mais on se moquait de moi.

» Il a ouvert la porte de son bureau.

» — Asseyez-vous, m'a-t-il dit.

» — Ce n'est pas la peine.

» A-t-il deviné ce que j'allais faire ? J'en suis persuadée. La preuve, c'est qu'il a eu un coup d'œil machinal au tiroir de son bureau où il range d'habitude son revolver. Si je lui en avais donné le temps, je parie qu'il se serait défendu et il aurait sans doute tiré le premier.

» — Ecoute, Malik, ai-je poursuivi. Je suis au courant de toutes tes saletés. Roger est mort (Roger, c'était le fils de Campois), ta fille est morte, ton fils...

Maigret avait écarquillé les yeux aux mots *ta fille*. Il venait enfin de comprendre et il regardait la vieille femme avec une stupéfaction qu'il ne cherchait plus à cacher.

— Puisqu'il n'y a pas d'autre moyen d'en sortir et que personne n'a le courage de le faire, autant que ce soit une vieille grand-mère qui s'en charge. Adieu, Malik.

» Et en prononçant le dernier mot, j'ai tiré. Il était à trois pas de moi. Il a porté les mains à son ventre, car j'ai tiré trop bas. J'ai encore pressé deux fois la gâchette.

» Il est tombé, et Laurence est accourue comme une folle.

» — Voilà, lui ai-je dit. Maintenant nous serons tranquilles et nous pourrons respirer.

» Pauvre Laurence. Je crois que cela a été un soulagement pour elle aussi. Il n'y a qu'Aimée pour le pleurer.

» — Appelle un médecin si tu veux, mais je pense que ce n'est pas la peine, ai-je continué. Il est bien mort ! Et, s'il ne l'était pas, je l'achèverais d'une balle dans la tête. Maintenant, je te conseille de venir passer le reste de la nuit chez nous. C'est inutile d'appeler les domestiques.

» Nous sommes parties toutes les deux. Aimée est accourue à notre rencontre, tandis que Charles restait sur le seuil, l'air sournois.

» — Qu'est-ce que tu as fait, maman ? Pourquoi Laurence... ?

» J'ai mis Aimée au courant. Elle s'en doutait, après la conversation que nous venions d'avoir dans ma chambre. Charles n'osait pas ouvrir la bouche. Il nous suivait comme un gros chien.

» Je suis rentrée ici et j'ai téléphoné à la gendarmerie. Ils ont été très convenables.

— Ainsi donc, murmura Maigret après un silence, c'est Aimée.

— Je ne suis qu'une vieille bête, car j'aurais dû m'en douter. Pour Roger Campois, par exemple, j'ai toujours soupçonné quelque chose. Tout au moins que c'était Malik qui l'avait habitué à jouer.

» Dire que j'étais contente, à ce moment-là, qu'il devînt notre gendre ! Il était plus brillant que les autres. Il avait l'art de m'amuser. Mon mari avait des goûts de petit-bourgeois et même de paysan, et c'est Malik qui nous a appris à vivre, qui nous a conduits à Deauville. Tenez, avant lui, je n'avais jamais mis les pieds dans un casino et je me souviens qu'il m'a donné les premiers jetons pour jouer à la roulette.

» Il a épousé Laurence...

— Parce que Aimée était trop jeune, n'est-ce pas ? Parce qu'elle n'avait que quinze ans à cette époque ? Si Aimée avait eu deux ans de plus, Roger Campois aurait peut-être vécu. Il aurait épousé l'aînée et Malik la cadette.

On entendait des allées et venues, en bas. Par les fenêtres on voyait un groupe se diriger vers la villa de Malik, où le corps se trouvait toujours.

— Aimée l'aimait vraiment, soupira Mme Amorelle. Elle l'aime encore, malgré tout. Elle me hait maintenant, pour ce que j'ai fait cette nuit.

Le cadavre dans l'armoire ! S'il n'y avait eu, dans cette armoire symbolique, que le cadavre du timide Roger Campois !

— Quand a-t-il pensé à faire venir son frère pour épouser votre fille cadette ?

— Peut-être deux ans après son propre mariage. Et j'étais naïve ! Je voyais bien qu'Aimée ne s'intéressait qu'à son beau-frère, que, de sa sœur et d'elle, c'était elle la plus amoureuse. Des gens qui ne nous connaissaient pas s'y trompaient et, en voyage, quand nous étions tous ensemble, c'était elle, malgré son jeune âge, qu'on appelait madame.

» Laurence n'était pas jalouse. Elle ne voyait rien, se contentait de vivre dans l'ombre de son mari, dont la personnalité l'écrasait.

— Monita était donc la fille d'Ernest Malik ?

— Je le sais depuis hier. Mais il y a d'autres choses que, toute vieille que je suis, j'aime autant ne pas savoir.

Ce frère qu'on faisait venir de Lyon où il n'était

qu'un gagne-petit, à qui on faisait épouser une riche héritière.

Est-ce qu'il savait, lui, à ce moment-là ?

Sans doute ! C'était un mou, un humble ! Il épousait, puisqu'on lui disait d'épouser. Il servait de paravent ! Moyennant ce rôle de mari qu'on lui faisait jouer, il partageait avec son frère la fortune des Malik.

Ainsi Ernest avait deux femmes, des enfants dans les deux maisons.

Et c'était cela que Monita avait découvert. C'était cela qui l'avait submergée de dégoût et qui l'avait conduite à se noyer.

— Je ne sais pas exactement comment elle a appris la vérité, mais, depuis hier soir, je m'en doute. La semaine dernière, j'avais fait venir le notaire pour changer mon testament.

— Me Ballu, je sais...

— Il y a longtemps que je ne m'entendais plus avec les Malik et, chose curieuse, c'est encore Charles que je détestais le plus. Pourquoi, je n'en sais rien... Je le trouvais sournois. Je n'étais pas loin de penser qu'il était plus mauvais que son frère.

» Je voulais les déshériter toutes les deux, laisser toute la fortune à Monita.

» Le même soir, Aimée me l'a avoué hier au cours de la scène que nous avons eue, Ernest est venu voir Charles pour discuter de la question.

» Ce nouveau testament dont ils ne connaissaient pas les dispositions les effrayait. Ils sont restés longtemps en tête à tête dans le bureau de Charles, au rez-de-chaussée. Aimée était montée se coucher. Ce n'est que beaucoup plus tard, quand son mari est monté à son tour, qu'elle a remarqué :

» — Monita n'est pas rentrée ?

» — Pourquoi dis-tu cela ?

» — Elle n'est pas venue me dire bonsoir comme d'habitude.

» Charles est allé dans la chambre de la jeune fille. Il n'y avait personne, le lit n'était pas défait. Il est descendu et il l'a trouvée dans le boudoir, toute pâle, comme glacée dans l'obscurité.

» — Qu'est-ce que tu fais ici ?

» Elle avait, paraît-il, l'air de ne pas entendre. Elle a accepté de monter.

» Je suis sûre, maintenant, qu'elle avait tout entendu. Elle savait. Et, le matin, avant que quiconque soit debout, dans la maison, elle sortait comme pour aller prendre son bain, ce qui lui arrivait souvent.

» Seulement, elle n'a pas voulu nager.

— Et elle a eu le temps de parler à son cousin... à son cousin qu'elle aimait et qui est, en réalité, son frère.

On frappait à la porte, timidement. Bernadette Amorelle alla ouvrir et se trouva en présence du commissaire de Melun.

— La voiture est en bas, annonça-t-il, non sans quelque gêne, car c'était la première fois de sa carrière qu'il arrêtait une femme de quatre-vingt-deux ans.

— Dans cinq minutes, riposta-t-elle, comme si elle eût parlé à son maître d'hôtel. Nous avons encore quelques mots à nous dire, mon ami Maigret et moi.

Quand elle revint vers le commissaire, elle remarqua, ce qui prouvait son étonnante présence d'esprit :

— Pourquoi n'avez-vous pas fumé votre pipe ? Vous savez bien que vous le pouvez. Je suis allée vous chercher. Je ne savais pas ce qui se tramait. Je me demandais au début si on n'avait pas tué Monita parce que je venais d'en faire mon héritière. Je vous avoue, à vous — mais cela ne les regarde pas, il y a des choses qui ne les regardent pas — que je n'étais pas sûre qu'on ne veuille pas m'empoisonner. Voilà, commissaire. Il reste le petit. Je suis contente que vous vous en soyez occupé, car on ne m'enlèvera pas de la tête qu'il aurait fini comme Monita.

» Mettez-vous à leur place... A leur âge, découvrir tout à coup...

» Pour le gamin, c'était encore plus grave. Il a voulu savoir. Les garçons sont plus entreprenants que les filles. Il savait que son père gardait ses papiers personnels dans un petit meuble dont la clef ne le quittait pas et qui se trouvait dans sa chambre.

» Il l'a forcé, le lendemain de la mort de Monita. C'est Aimée qui me l'a dit. Ernest Malik la tenait au courant de tout, il savait qu'il pouvait avoir confiance en elle, que c'était pire qu'une esclave.

» Malik s'est aperçu qu'on avait fracturé son meuble et il a soupçonné aussitôt son fils.

— Quels documents a-t-il pu découvrir ? soupira Maigret.

— Je les ai brûlés cette nuit. J'ai chargé Laurence d'aller me les chercher, mais Laurence n'osait plus rentrer dans la maison où se trouvait le cadavre de son mari.

» Aimée y est allée.

» Il y avait des lettres d'elle, des petits billets aussi qu'ils se passaient ici même pour se donner des rendez-vous.

» Il y avait des reçus signés Roger Campois. Non seulement Malik lui prêtait de l'argent pour mieux l'enfoncer, mais il lui en faisait prêter par des usuriers à qui il rachetait les effets.

» Il gardait tout cela.

Et, la lèvre méprisante :

— Il avait malgré tout une âme de comptable !

Elle ne comprit pas pourquoi Maigret rectifiait, en se levant avec effort :

— De percepteur !

Ce fut lui qui la mit en voiture, et elle passa le bras par la portière pour lui tendre la main.

— Vous ne m'en voulez pas trop ? questionna-t-elle au moment où l'auto de la police démarrait, l'emmenant vers sa prison.

Et il ne sut jamais s'il s'agissait du fait de l'avoir arraché pour quelques jours à la paix de son jardin de Meung-sur-Loire ou du coup de revolver.

Il y avait un « cadavre dans l'armoire » depuis de longues années, et c'était la vieille dame qui s'était chargée du nettoyage, comme ces grand-mamans qui ne peuvent supporter de saleté dans la maison.

4 août 1945.

LA PIPE DE MAIGRET

CHAPITRE

1

LA MAISON DES OBJETS QUI BOUGENT

IL ETAIT SEPT HEURES ET demie. Dans le bureau du chef, avec un soupir d'aise et de fatigue à la fois, un soupir de gros homme à la fin d'une chaude journée de juillet, Maigret avait machinalement tiré sa montre de son gousset. Puis il avait tendu la main, ramassé ses dossiers sur le bureau d'acajou. La porte matelassée s'était refermée derrière lui et il avait traversé l'antichambre. Personne sur les fauteuils rouges. Le vieux garçon de bureau était dans sa cage vitrée. Le couloir de la Police Judiciaire était vide, une longue perspective à la fois grise et ensoleillée.

Des gestes de tous les jours. Il rentrait dans son bureau. Une odeur de tabac qui persistait toujours, malgré la fenêtre large ouverte sur le quai des Orfèvres. Il déposait ses dossiers sur un coin du bureau, frappait le fourneau de sa pipe encore chaude sur le rebord de la fenêtre, revenait s'asseoir, et sa main, machinalement, cherchait une autre pipe là où elle aurait dû être, à sa droite.

Elle ne s'y trouvait pas. Il y avait bien trois pipes, dont une en écume, près du cendrier, mais la bonne, celle qu'il cherchait, celle à laquelle il revenait le plus volontiers, qu'il emportait toujours avec lui, une grosse pipe en bruyère, légèrement courbe, que sa femme lui avait offerte dix ans plus tôt lors d'un anniversaire, celle qu'il appelait sa bonne vieille pipe, enfin, n'était pas là.

Il tâta ses poches, surpris, y enfonça les mains. Il regarda sur la cheminée de marbre noir. A vrai dire, il ne pensait pas. Il n'y a rien d'extraordinaire à ne pas retrouver sur-le-champ une de ses pipes. Il fit deux ou trois fois le tour du bureau, ouvrit le placard où il y avait une fontaine d'émail pour se laver les mains.

Il cherchait comme tous les hommes, assez stupidement, puisqu'il n'avait pas ouvert ce placard de tout l'après-midi et que, quelques instants après six heures, quand le juge Coméliau lui avait téléphoné, il avait précisément cette pipe-là à la bouche.

Alors il sonna le garçon de bureau.

— Dites-moi, Emile, personne n'est entré ici pendant que j'étais chez le chef ?

— Personne, monsieur le commissaire.

Il fouillait à nouveau ses poches, celles de son veston, celles de son pantalon. Il avait l'air d'un gros homme contrarié et, de tourner ainsi en rond, cela lui donnait chaud.

Il entra dans le bureau des inspecteurs, où il n'y avait personne. Cela lui arrivait d'y laisser une de ses pipes. C'était curieux et agréable de trouver aussi vides, dans une atmosphère comme de vacances, les locaux du quai des Orfèvres. Pas de pipe. Il frappa chez le chef. Celui-ci venait de sortir. Il entra, mais il savait d'avance que sa pipe n'était pas là, qu'il en fumait une autre quand il était venu vers six heures et demie bavarder des affaires en cours et aussi de son prochain départ pour la campagne.

Huit heures moins vingt. Il avait promis d'être rentré à huit heures boulevard Richard-Lenoir, où sa belle-sœur et son mari étaient invités. Qu'avait-il promis aussi de rapporter ? Des fruits. C'était cela. Sa femme lui avait recommandé d'acheter des pêches.

Mais, chemin faisant, dans l'atmosphère lourde du soir, il continuait à penser à sa pipe. Cela le tracassait, un peu à son insu, comme nous tracasse un incident minime mais inexplicable.

Il acheta les pêches, rentra chez lui, embrassa sa belle-sœur qui avait encore grossi. Il servit les apéritifs. Or, à ce moment-là, c'était la bonne pipe qu'il aurait dû avoir à la bouche.

— Beaucoup de travail ?

— Non. C'est calme.

Il y a des périodes comme ça. Deux de ses collègues étaient en vacances. Le troisième avait téléphoné le matin pour annoncer que de la famille venait de lui arriver de province et qu'il prenait deux jours de congé.

— Tu as l'air préoccupé, Maigret, remarqua sa femme pendant le dîner.

Et il n'osa pas avouer que c'était sa pipe qui le tarabustait. Il n'en faisait pas un drame, certes. Cela ne l'empêchait pas moins d'être en train.

A deux heures. Oui, il s'était assis à son bureau à deux heures et quelques minutes. Lucas était venu lui parler d'une affaire de carambouillage, puis de l'inspecteur Janvier, qui attendait un nouvel enfant.

Ensuite, paisiblement, ayant retiré son veston et desserré un peu sa cravate, il avait rédigé un rapport sur un suicide qu'on avait pris un instant pour un crime. Il fumait sa grosse pipe.

Ensuite Gégène. Un petit maquereau de Montmartre qui avait donné un coup de couteau à sa gagneuse. Qui l'«avait un peu piquée», comme il disait. Mais Gégène ne s'était pas approché du bureau. En outre, il avait les menottes.

On servait les liqueurs. Les deux femmes parlaient

cuisine. Le beau-frère écoutait vaguement en fumant un cigare, et les bruits du boulevard Richard-Lenoir montaient jusqu'à la fenêtre ouverte.

Il n'avait même pas quitté son bureau, cet après-midi-là, pour aller boire un demi à la Brasserie Dauphine.

Voyons, il y avait eu la femme... Comment s'appelait-elle encore ? Roy ou Leroy. Elle n'avait pas de rendez-vous. Emile était venu annoncer :

— Une dame et son fils.

— De quoi s'agit-il ?

— Elle ne veut pas le dire. Elle insiste pour parler au chef.

— Faites-la entrer.

Un pur hasard qu'il y eût du battement dans son emploi du temps, car autrement il ne l'aurait pas reçue. Il avait attaché si peu d'importance à cette visite qu'il avait peine, maintenant, à se souvenir des détails.

Sa belle-sœur et son beau-frère s'en allaient. Sa femme lui faisait remarquer, en remettant de l'ordre dans l'appartement :

— Tu n'as pas été loquace, ce soir. Il y a quelque chose qui ne va pas.

Non. Tout allait fort bien, au contraire, sauf la pipe. La nuit commençait à tomber et Maigret, en manche de chemise, s'accouda à la fenêtre, comme des milliers de gens, à la même heure, prenaient le frais en fumant leur pipe ou leur cigarette à des fenêtres de Paris.

La femme — c'était plutôt Mme Leroy — s'était assise juste en face du commissaire. Avec cette allure un peu raide des gens qui se sont promis d'être dignes. Une femme dans les quarante-cinq ans, de celles qui, sur le retour, commencent à se dessécher. Maigret, pour sa part, préférait celles que les années empâtent.

— Je suis venue vous voir, monsieur le directeur...

146

— Le directeur est absent. Je suis le commissaire Maigret.

Tiens ! Un détail qui lui revenait. La femme n'avait pas bronché. Elle ne devait pas lire les journaux et, sans doute, n'avait-elle pas entendu parler de lui ? Elle avait paru plutôt vexée de n'être pas mise en présence du directeur de la Police judiciaire en personne et elle avait eu un petit geste de la main comme pour dire :

« Tant pis ! Il faudra bien que je m'en arrange. »

Le jeune homme, au contraire, à qui Maigret n'avait pas encore fait attention, avait eu une sorte de haut-le-corps, et son regard s'était porté vivement, avidement, sur le commissaire.

— Tu ne te couches pas, Maigret ? questionnait Mme Maigret, qui venait de faire la couverture et qui commençait à se dévêtir.

— Tout à l'heure.

Maintenant, qu'est-ce que cette femme lui avait raconté au juste ? Elle avait tant parlé ! Avec volubilité, avec insistance, à la façon des gens qui donnent une importance considérable à leurs moindre paroles et qui craignent toujours qu'on ne les prenne pas au sérieux. Une manie de femmes, d'ailleurs, surtout de femmes qui approchent de la cinquantaine.

— Nous habitons, mon fils et moi...

Elle n'avait pas tellement tort, au fond, car Maigret ne lui prêtait qu'une oreille distraite.

Elle était veuve, bon ! Elle avait dit qu'elle était veuve depuis quelques années, cinq ou dix, il l'avait oublié. Assez longtemps puisqu'elle se plaignait d'avoir eu du mal à élever son fils.

— J'ai tout fait pour lui, monsieur le commissaire.

Comment accorder son attention à des phrases que répètent toutes les femmes du même âge et dans la même situation, avec une fierté identique, et une pareille moue douloureuse ? Il y avait d'ail-

leurs eu un incident au sujet de ce veuvage. Lequel ?
Ah ! oui...

Elle avait dit :

— Mon mari était officier de carrière.

Et son fils avait rectifié :

— Adjudant, maman. Dans l'Intendance, à Vincennes.

— Pardon... Quand je dis officier, je sais ce que je dis. S'il n'était pas mort, s'il ne s'était tué au travail pour des chefs qui ne le valaient pas et qui lui laissaient toute la besogne, il serait officier à l'heure qu'il est... Donc...

Maigret n'oubliait pas sa pipe. Il serrait la question, au contraire. La preuve, c'est que ce mot Vincennes était rattaché à la pipe. Il la fumait, il en était sûr, au moment où il avait été prononcé. Or, après, il n'avait plus été question de Vincennes.

— Pardon. Où habitez-vous ?

Il avait oublié le nom du quai, mais c'était tout de suite après le quai de Bercy, à Charenton. Il retrouvait dans sa mémoire l'image d'un quai très large, avec des dépôts, des péniches en déchargement.

— Une petite maison à un étage, entre un café qui fait l'angle et un grand immeuble de rapport.

Le jeune homme était assis au coin du bureau, son chapeau de paille sur les genoux, car il avait un chapeau de paille.

— Mon fils ne voulait pas que je vienne vous trouver, monsieur le directeur. Pardon, monsieur le commissaire. Mais je lui ai dit :

» — Si tu n'as rien à te reprocher, il n'y a pas de raison pour que...

De quelle couleur était sa robe ? Dans les noirs, avec du mauve. Une de ces robes que portent les femmes mûres qui visent la distinction. Un chapeau assez compliqué, probablement transformé maintes fois. Des gants en fil sombre. Elle s'écoutait parler. Elle commençait ses phrases par des :

— Figurez-vous que...

Ou encore :

— Tout le monde vous dira...

Maigret, qui, pour la recevoir, avait passé son veston, avait chaud et somnolait. Une corvée. Il regrettait de ne pas l'avoir envoyée tout de suite au bureau
des inspecteurs.

— Voilà plusieurs fois déjà que, quand je rentre
chez moi je constate que quelqu'un y est venu en
mon absence.

— Pardon. Vous vivez seule avec votre fils ?

— Oui. Et j'ai d'abord pensé que c'était lui. Mais
c'était pendant ses heures de travail.

Maigret regarda le jeune homme qui paraissait
contrarié. Encore un type qu'il connaissait bien.
Dix-sept ans sans doute. Maigre et long. Des boutons
dans la figure, des cheveux tirant sur le roux et des
taches de rousseur autour du nez.

Sournois ? Peut-être. Sa mère devait le déclarer un
peu plus tard, car il y a des gens qui aiment dire du
mal des leurs. Timide en tout cas. Renfermé. Il fixait
le tapis, ou n'importe quel objet dans le bureau et,
quand il croyait qu'on ne le regardait pas, il jetait
vite à Maigret un coup d'œil aigu.

Il n'était pas content d'être là, c'était évident. Il
n'était pas d'accord avec sa mère sur l'utilité de
cette démarche. Peut-être avait-il un peu honte
d'elle, de sa prétention, de son bavardage ?

— Que fait votre fils ?

— Garçon coiffeur.

Et le jeune homme de déclarer avec amertume :

— Parce que j'ai un oncle qui a un salon de coiffure à Niort, ma mère s'est mis en tête de...

— Il n'y a pas de honte à être coiffeur. C'est pour
vous dire, monsieur le commissaire, qu'il ne peut
pas quitter le salon où il travaille, près de la République. D'ailleurs, je m'en suis assurée.

— Pardon. Vous avez soupçonné votre fils de rentrer chez vous en votre absence et vous l'avez surveillé ?

— Oui, monsieur le commissaire. Je ne soupçonne personne en particulier, mais je sais que les hommes sont capables de tout.

— Qu'est-ce que votre fils serait allé faire chez vous à votre insu ?

— Je ne sais pas.

Puis, après un silence :

— Peut-être amener des femmes ! Il y a trois mois, j'ai bien trouvé une lettre de gamine dans sa poche. Si son père...

— Comment avez-vous la certitude qu'on est entré chez vous ?

— D'abord, cela se sent tout de suite. Rien qu'en ouvrant la porte, je pourrais dire...

Pas très scientifique, mais assez vrai, assez humain, en somme. Maigret avait déjà eu de ces impressions-là.

— Ensuite ?

— Ensuite, de menus détails. Par exemple, la porte de l'armoire à glace, que je ne ferme jamais à clef, et que je retrouvais fermée d'un tour de clef.

— Votre armoire à glace contient des objets précieux ?

— Nos vêtements et notre linge, plus quelques souvenirs de famille, mais rien n'a disparu, si c'est cela que vous voulez dire. Dans la cave aussi une caisse qui avait changé de place.

— Et qui contenait ?...

— Des bocaux vides.

— En somme, rien n'a disparu de chez vous ?

— Je ne crois pas.

— Depuis combien de temps avez-vous l'impression qu'on visite votre domicile ?

— Ce n'est pas une impression. C'est une certitude. Environ trois mois.

— Combien de fois, à votre avis, est-on venu ?

— Peut-être dix en tout. Après la première fois, on est resté longtemps, peut-être trois semaines sans venir. Ou, alors, je ne l'ai pas remarqué. Puis deux fois coup sur coup. Puis encore trois semaines ou plus. Depuis quelques jours, les visites se suivent et, avant-hier, quand il y a eu le terrible orage, j'ai trouvé des traces de pas et du mouillé.

— Vous ne savez pas si ce sont des traces d'homme ou de femme ?

— Plutôt d'homme, mais je ne suis pas sûre.

Elle avait bien dit d'autres choses. Elle avait tant parlé, sans avoir besoin d'y être poussée ! Le lundi précédent, par exemple, elle avait emmené exprès son fils au cinéma, parce que les coiffeurs ne travaillent pas le lundi. Comme cela, il était bien surveillé. Il ne l'avait pas quittée de l'après-midi. Ils étaient rentrés ensemble.

— Or, on était venu.

— Et pourtant votre fils ne voulait pas que vous en parliez à la police ?

— Justement, monsieur le commissaire. C'est ça que je ne comprends pas. Il a vu les traces comme moi.

— Vous avez vu les traces, jeune homme ?

Il préférait ne pas répondre, prendre un air buté. Cela signifiait-il que sa mère exagérait, qu'elle n'était pas dans son bon sens ?

— Savez-vous par quelle voie le ou les visiteurs pénétrèrent dans la maison ?

— Je suppose que c'est par la porte. Je ne laisse jamais les fenêtres ouvertes. Pour entrer par la cour, le mur est trop haut et il faudrait traverser les cours des maisons voisines.

— Vous n'avez pas vu de traces sur la serrure ?

— Pas une égratignure. J'ai même regardé avec la loupe de feu mon mari.

— Et personne n'a la clef de votre maison ?

— Personne. Il y aurait bien ma fille (léger mouvement du jeune homme), mais elle habite Orléans avec son mari et ses deux enfants.

— Vous vous entendez bien avec elle ?

— Je lui ai toujours dit qu'elle avait tort d'épouser un propre à rien. A part ça, comme nous ne nous voyons pas...

— Vous êtes souvent absente de chez vous ? Vous m'avez dit que vous étiez veuve. La pension que vous touchez de l'armée est vraisemblablement insuffisante.

Elle prit un air à la fois digne et modeste.

— Je travaille. Enfin ! Au début, je veux dire après la mort de mon mari, j'ai pris des pensionnaires, deux. Mais les hommes sont trop sales. Si vous aviez vu l'état dans lequel ils laissaient leur chambre !

A ce moment-là, Maigret ne se rendait pas compte qu'il écoutait et pourtant, à présent, il retrouvait non seulement les mots, mais les intonations.

— Depuis un an, je suis dame de compagnie chez Mme Lallemant. Une personne très bien. La mère d'un médecin. Elle vit seule, près de l'écluse de Charenton, juste en face, et tous les après-midi je... C'est plutôt une amie, comprenez-vous ?

A la vérité, Maigret n'y avait attaché aucune importance. Une maniaque ? Peut-être. Cela ne l'intéressait pas. C'était le type même de la visite qui vous fait perdre une demi-heure. Le chef, justement, était entré dans le bureau, ou plutôt en avait poussé la porte, comme il le faisait souvent. Il avait jeté un coup d'œil sur les visiteurs, s'était rendu compte, lui aussi, rien qu'à leur allure, que c'était du banal.

— Vous pouvez venir un instant, Maigret ?

Ils étaient restés un moment debout tous les deux, dans le bureau voisin, à discuter d'un mandat d'arrêt qui venait d'arriver télégraphiquement de Dijon.

— Torrence s'en chargera, avait dit Maigret.

Il n'avait pas sa bonne pipe, mais une autre. Sa bonne pipe, il avait dû, logiquement, la déposer sur le bureau au moment où, un peu plus tôt, le juge Coméliau lui avait téléphoné. Mais, alors, il n'y pensait pas encore.

Il rentrait, restait debout devant la fenêtre, les mains derrière le dos.

— En somme, madame, on ne vous a rien volé ?

— Je le suppose.

— Je veux dire que vous ne portez pas plainte pour vol ?

— Je ne le peux pas, étant donné que...

— Vous avez simplement l'impression qu'en votre absence quelqu'un, ces derniers mois, ces derniers jours surtout, a pris l'habitude de pénétrer chez vous ?

— Et même une fois la nuit.

— Vous avez vu quelqu'un ?

— J'ai entendu.

— Qu'est-ce que vous avez entendu ?

— Une tasse est tombée, dans la cuisine, et s'est brisée. Je suis descendue aussitôt.

— Vous étiez armée ?

— Non. Je n'ai pas peur.

— Et il n'y avait personne ?

— Il n'y avait plus personne. Les morceaux de la tasse étaient par terre.

— Et vous n'avez pas de chat ?

— Non. Ni chat, ni chien. Les bêtes font trop de saletés.

— Un chat n'aurait pas pu s'introduire chez vous ?

Et le jeune homme, sur sa chaise, paraissait de plus en plus au supplice.

— Tu abuses de la patience du commissaire Maigret, maman.

— Bref, madame, vous ne savez pas qui s'introduit chez vous et vous n'avez aucune idée de ce qu'on pourrait y chercher ?

— Aucune. Nous avons toujours été d'honnêtes gens, et...

— Si je puis vous donner un conseil, c'est de faire changer votre serrure. On verra bien si les mystérieuses visites continuent.

— La police ne fera rien ?

Il les poussait vers la porte. C'était bientôt l'heure où le chef l'attendait dans son bureau.

— A tout hasard, je vous enverrai demain un de mes hommes. Mais, à moins de surveiller la maison du matin au soir et du soir au matin, je ne vois pas bien...

— Quand viendra-t-il ?

— Vous m'avez dit que vous étiez chez vous le matin.

— Sauf pendant que je fais mon marché.

— Voulez-vous dix heures ?... Demain à dix heures. Au revoir, madame. Au revoir, jeune homme.

Un coup de timbre. Lucas entra.

— C'est toi ?... Tu iras demain dix heures à cette adresse. Tu verras de quoi il s'agit.

Sans conviction aucune. La préfecture de police partage avec les rédactions de journaux le privilège d'attirer tous les fous et tous les maniaques.

Or, maintenant, à sa fenêtre où la fraîcheur de la nuit commençait à le pénétrer, Maigret grognait :

— Sacré gamin !

Car c'était lui, sans aucun doute, qui avait chipé la pipe sur le bureau.

— Tu ne te couches pas ?

Il se coucha. Il était maussade, grognon. Le lit était déjà chaud et moite. Il grogna encore avant de s'endormir. Et, le matin, il s'éveilla sans entrain, comme quand on s'est endormi sur une impression désagréable. Ce n'était pas un pressentiment et pourtant il sentait bien — sa femme le sentait aussi, mais n'osait rien dire — qu'il commençait la journée du mauvais pied. En plus, le ciel était orageux, l'air déjà lourd.

Il gagna le Quai des Orfèvres à pied, par les quais, et deux fois il lui arriva de chercher machinalement sa bonne pipe dans sa poche. Il gravit en soufflant l'escalier poussiéreux. Emile l'accueillit par :

— Il y a quelqu'un pour vous, monsieur le commissaire.

Il alla jeter un coup d'œil à la salle d'attente vitrée et aperçut Mme Leroy qui se tenait assise sur l'extrême bord d'une chaise recouverte de velours vert, comme prête à bondir. Elle l'aperçut, se précipita effectivement vers lui, crispée, furieuse, angoissée, en proie à mille sentiments différents et, lui saisissant les revers du veston, elle cria :

— Qu'est-ce que je vous avais dit ? Ils sont venus cette nuit. Mon fils a disparu. Vous me croyez, maintenant ? Oh ! j'ai bien senti que vous me preniez pour une folle. Je ne suis pas si bête. Et tenez, tenez...

Elle fouillait fébrilement dans son sac, en tirait un mouchoir à bordure bleue qu'elle brandissait triomphalement.

— Ça... Oui, ça, est-ce une preuve ? Nous n'avons pas de mouchoir avec du bleu dans la maison. N'empêche que je l'ai trouvé au pied de la table de la cuisine. Et ce n'est pas tout.

Maigret regarda d'un œil morne le long couloir où régnait l'animation matinale et où on se retournait sur eux.

— Venez avec moi, madame, soupira-t-il.

La tuile, évidemment. Il l'avait sentie venir. Il poussa la porte de son bureau, accrocha son chapeau à la place habituelle.

— Asseyez-vous. Je vous écoute. Vous dites que votre fils ?...

— Je dis que mon fils a disparu cette nuit et qu'à l'heure qu'il est Dieu sait ce qu'il est devenu.

2

LES PANTOUFLES DE JOSEPH

Il ETAIT DIFFICILE DE SAVOIR
ce qu'elle pensait exactement du sort de son fils.
Tout à l'heure, à la P.J., au cours de la crise de larmes qui avait éclaté avec la soudaineté d'un orage
d'été, elle gémissait :

— Voyez-vous, je suis sûre qu'ils me l'ont tué. Et
vous, pendant ce temps-là, vous n'avez rien fait. Si
vous croyez que je ne sais pas ce que vous avez
pensé ! Vous m'avez prise pour une folle. Mais si !
Et, maintenant, il est sans doute mort. Et moi, je vais
rester toute seule, sans soutien.

Or, à présent, dans le taxi qui roulait sous la voûte
de verdure du quai de Bercy, pareil à un mail de
province, ses traits étaient redevenus nets, son
regard aigu, et elle disait :

— C'est un faible, voyez-vous, monsieur le
commissaire. Il ne pourra jamais résister aux femmes. Comme son père, qui m'a tant fait souffrir !

Maigret était assis à côté d'elle sur la banquette
du taxi. Lucas avait pris place à côté du chauffeur.

Tiens ! après la limite de Paris, sur le territoire de
Charenton, le quai continuait à s'appeler quai de
Bercy. Mais il n'y avait plus d'arbres. Des cheminées
d'usines, de l'autre côté de la Seine. Ici, des entre-
pôts, des pavillons bâtis jadis quand c'était encore

presque la campagne et coincés maintenant entre des maisons de rapport. A un coin de rue, un café-restaurant d'un rouge agressif, avec des lettres jaunes, quelques tables de fer et deux lauriers étiques dans des tonneaux.

Mme Roy — non, Leroy — s'agita, frappa la vitre.

— C'est ici. Je vous demande de ne pas prendre garde au désordre. Inutile de vous dire que je n'ai pas pensé à faire le ménage.

Elle chercha une clef dans son sac. La porte était d'un brun sombre, les murs extérieurs d'un gris de fumée. Maigret avait eu le temps de s'assurer qu'il n'y avait pas de traces d'effraction.

— Entrez, je vous prie. Je pense que vous allez vouloir visiter toutes les pièces. Tenez ! les morceaux de la tasse sont encore où je les ai trouvés.

Elle ne mentait pas quand elle disait que c'était propre. Il n'y avait de poussière nulle part. On sentait l'ordre. Mais, mon Dieu, que c'était triste ! Plus que triste, lugubre ! Un corridor trop étroit, avec le bas peint en brun et le haut en jaune foncé. Des portes brunes. Des papiers collés depuis vingt ans au moins et si passés qu'ils n'avaient plus de couleur.

La femme parlait toujours. Peut-être parlait-elle quand elle était toute seule aussi, faute de pouvoir supporter le silence.

— Ce qui m'étonne le plus, c'est que je n'ai rien entendu. J'ai le sommeil si léger que je m'éveille plusieurs fois par nuit. Or, la nuit dernière, j'ai dormi comme un plomb. Je me demande...

Il la regarda.

— Vous vous demandez si on ne vous a pas donné une drogue pour vous faire dormir ?

— Ce n'est pas possible. Il n'aurait pas fait cela ? Pourquoi ? Dites-moi pourquoi il l'aurait fait ?

Allait-elle redevenir agressive ? Tantôt elle semblait accuser son fils et tantôt elle le présentait comme une victime, tandis que Maigret, lourd et lent, donnait, même quand il allait à travers la petite maison, une sensation d'immobilité. Il était là, comme une éponge, à s'imprégner lentement de tout ce qui suintait autour de lui.

Et la femme s'attachait à ses pas, suivait chacun de ses gestes, de ses regards, méfiante, cherchant à deviner ce qu'il pensait.

Lucas, lui aussi, épiait les réflexes du patron, dérouté par cette enquête qui avait quelque chose de pas sérieux, sinon de loufoque.

— La salle à manger est à droite, de l'autre côté du corridor. Mais, quand nous étions seuls, et nous étions toujours seuls, nous mangions dans la cuisine.

Elle aurait été bien étonnée, peut-être indignée, si elle avait soupçonné que ce que Maigret cherchait machinalement autour de lui, c'était sa pipe. Il s'engageait dans l'escalier plus étroit encore que le corridor, à la rampe fragile, aux marches qui craquaient. Elle le suivait. Elle expliquait, car c'était un besoin chez elle d'expliquer :

— Joseph occupait la chambre de gauche... Mon Dieu ! Voilà que je viens de dire occupait, comme si...

— Vous n'avez touché à rien ?

— A rien, je le jure. Comme vous voyez, le lit est défait. Mais je parie qu'il n'y a pas dormi. Mon fils remue beaucoup en dormant. Le matin, je retrouve toujours les draps roulés, souvent les couvertures par terre. Il lui arrive de rêver tout haut et même de crier dans son sommeil.

En face du lit, une garde-robe dont le commissaire entrouvrit la porte.

— Tous ses vêtements sont ici ?

— Justement non. S'ils y étaient, j'aurais trouvé son costume et sa chemise sur une chaise, car il n'avait pas d'ordre.

On aurait pu supposer que le jeune homme, entendant du bruit pendant la nuit, était descendu dans la cuisine, et là avait été attaqué par le ou les mystérieux visiteurs.

— Vous l'avez vu dans son lit, hier au soir ?

— Je venais toujours l'embrasser quand il était couché. Hier au soir, je suis venue comme tous les autres jours. Il était déshabillé. Ses vêtements étaient sur la chaise. Quant à la clef...

Une idée la frappait. Elle expliquait :

— Je restais toujours la dernière en bas et je fermais la porte à clef. Je gardais cette clef dans ma chambre, sous mon oreiller, pour éviter...

— Votre mari découchait souvent ?

Et elle, digne et douloureuse :

— Il l'a fait une fois, après trois ans de mariage.

— Et, dès ce moment, vous avez pris l'habitude de glisser la clef sous votre oreiller ?

Elle ne répondit pas et Maigret fut certain que le père avait été surveillé aussi sévèrement que le fils.

— Donc, ce matin, vous avez retrouvé la clef à sa place ?

— Oui, monsieur le commissaire. Je n'y ai pas pensé tout de suite, mais cela me revient. C'est donc qu'il ne voulait pas s'en aller, n'est-ce pas ?

— Un instant. Votre fils s'est couché. Puis il s'est relevé et rhabillé.

— Tenez ! Voici sa cravate par terre. Il n'a pas mis sa cravate.

— Et ses souliers ?

Elle se tourna vivement vers un coin de la pièce où il y avait deux chaussures usées à certaine distance l'une de l'autre.

— Non plus. Il est parti en pantoufles.

Maigret cherchait toujours sa pipe, sans la trouver. Il ne savait pas au juste ce qu'il cherchait d'ailleurs. Il fouillait au petit bonheur cette chambre pauvre et morne où le jeune homme avait vécu. Un costume dans l'armoire, un costume bleu, son « beau costume », qu'il ne devait mettre que le dimanche, et une paire de souliers vernis. Quelques chemises, presque toutes usées et réparées au col et aux poignets. Un paquet de cigarettes entamé.

— Au fait, votre fils ne fumait-il pas la pipe ?

— A son âge, je ne le lui aurais pas permis. Il y a quinze jours, il est revenu à la maison avec une petite pipe, qu'il avait dû acheter dans un bazar, car c'était de la camelote. Je la lui ai arrachée de la bouche et je l'ai jetée dans le feu. Son père, à quarante-cinq ans, ne fumait pas la pipe.

Maigret soupira, gagna la chambre de Mme Leroy, qui répéta :

— Mon lit n'est pas fait. Excusez le désordre.

C'était écœurant de banalité mesquine.

— En haut, il y a des mansardes où nous couchions les premiers mois de mon veuvage, quand j'ai pris des locataires. Dites-moi, puisqu'il n'a mis ni ses souliers, ni sa cravate, est-ce que vous croyez... ?

Et Maigret, excédé :

— Je n'en sais rien, madame !

Depuis deux heures, Lucas, consciencieusement, fouillait la maison dans ses moindres recoins, suivi de Mme Leroy, qu'on entendait parfois dire :

— Tenez, une fois, ce tiroir a été ouvert. On a même retourné la pile de linge qui se trouve sur la planche du dessus.

Dehors régnait un lourd soleil aux rayons épais comme du miel, mais dans la maison c'était la pénombre, la grisaille perpétuelle. Maigret faisait de plus en plus l'éponge, sans avoir le courage de suivre ses compagnons dans leurs allées et venues.

Avant de quitter le Quai des Orfèvres, il avait chargé un inspecteur de téléphoner à Orléans pour s'assurer que la fille mariée n'était pas venue à Paris les derniers temps. Ce n'était pas une piste.

Fallait-il croire que Joseph s'était fait faire une clef à l'insu de sa mère ? Mais alors, s'il comptait partir cette nuit-là, pourquoi n'avait-il pas mis sa cravate, ni surtout ses chaussures ?

Maigret savait maintenant à quoi ressemblaient les fameuses pantoufles. Par économie, Mme Leroy les confectionnait elle-même, avec de vieux morceaux de tissu, et elle taillait les semelles dans un bout de feutre.

Tout était pauvre, d'une pauvreté d'autant plus pénible, d'autant plus étouffante, qu'elle ne voulait pas s'avouer.

Les anciens locataires ? Mme Leroy lui en avait parlé. Le premier qui s'était présenté, quand elle avait mis un écriteau à la fenêtre, était un vieux célibataire, employé chez Soustelle, la maison de vins en gros dont il avait aperçu le pavillon en passant quai de Bercy.

— Un homme convenable, bien élevé, monsieur le commissaire. Ou plutôt peut-on appeler un homme bien élevé quelqu'un qui secoue sa pipe partout ? Et puis il avait la manie de se relever la nuit, de descendre pour se chauffer de la tisane. Une nuit, je me suis relevée et je l'ai rencontré en chemise de nuit et en caleçon dans l'escalier. C'était pourtant quelqu'un d'instruit.

La seconde chambre avait d'abord été occupée par un maçon, un contremaître, disait-elle, mais son fils aurait sans doute corrigé ce titre prétentieux. Le maçon lui faisait la cour et voulait absolument l'épouser.

— Il me parlait toujours de ses économies, d'une maison qu'il possédait près de Montluçon et où il voulait m'emmener quand nous serions mariés. Remarquez que je n'ai pas un mot, pas un geste à lui reprocher. Quand il rentrait, je lui disais :

» — Lavez-vous les mains, monsieur Germain.

» Et il allait se les laver au robinet. C'est lui qui, le dimanche, a cimenté la cour, et j'ai dû insister pour payer le ciment.

Puis le maçon était parti, peut-être découragé, et avait été remplacé par un M. Bleustein.

— Un étranger. Il parlait très bien le français, mais avec un léger accent. Il était voyageur de commerce et il ne venait coucher qu'une fois ou deux par semaine.

— Est-ce que vos locataires avaient une clef ?

— Non, monsieur le commissaire, parce que à ce moment-là j'étais toujours à la maison. Quand je devais sortir, je la glissais dans une fente de la façade, derrière la gouttière, et ils savaient bien où la trouver. Une semaine, M. Bleustein n'est pas revenu. Je n'ai rien retrouvé dans sa chambre qu'un peigne cassé, un vieux briquet et du linge tout déchiré.

— Il ne vous avait pas avertie ?

— Non. Et pourtant lui aussi était un homme bien élevé.

Il y avait quelques livres sur la machine à coudre, qui se trouvait dans un coin de la salle à manger. Maigret les feuilleta négligemment. C'étaient des romans en édition bon marché, surtout des romans d'aventures. Par-ci, par-là, dans la marge d'une page, on retrouvait deux lettres entrelacées, tantôt au crayon, tantôt à l'encre : J et M, l'M presque toujours plus grand, plus artistiquement moulé que le J.

— Vous connaissez quelqu'un dont le nom commence par M, madame Leroy ? cria-t-il dans la cage d'escalier.

— Un M ?... Non, je ne vois pas. Attendez... Il y avait bien la belle-sœur de mon mari qui s'appelait Marcelle, mais elle est morte en couches à Issoudun.

Il était midi quand Lucas et Maigret se retrouvèrent dehors.

— On va boire quelque chose, patron ?

Et ils s'attablèrent dans le petit bistro rouge qui faisait le coin. Ils étaient aussi mornes l'un que l'autre. Lucas était plutôt de mauvaise humeur.

— Quelle boutique ! soupira-t-il. A propos, j'ai découvert ce bout de papier. Et devinez où ? Dans le paquet de cigarettes du gosse. Il devait avoir une peur bleue de sa mère, celui-là. Au point de cacher ses lettres d'amour dans ses paquets de cigarettes !

C'était une lettre d'amour, en effet :

Mon cher Joseph,

Tu m'as fait de la peine, hier, en disant que je te méprisais et que je n'accepterais jamais d'épouser un homme comme toi. Tu sais bien que je ne suis pas ainsi et que je t'aime autant que tu m'aimes. J'ai confiance que tu seras un jour quelqu'un. Mais, de grâce, ne m'attends plus aussi près du magasin. On t'a remarqué, et Mme Rose, qui en fait autant, mais qui est une chipie, s'est déjà permis des réflexions. Attends-moi dorénavant près du métro. Pas demain, car ma mère doit venir me chercher pour aller au dentiste. Et surtout ne te mets plus d'idées en tête. Je t'embrasse comme je t'aime.

Mathilde.

— Et voilà ! dit Maigret en fourrant le papier dans son portefeuille.

— Voilà quoi ?

Le J et l'M. La vie ! Cela commence comme ça et cela finit dans une petite maison qui sent le renfermé et la résignation.

— Quand je pense que cet animal-là m'a chipé ma pipe !

— Vous croyez maintenant qu'on l'a enlevé, vous ?

Lucas n'y croyait pas, cela se sentait. Ni à toutes les histoires de la mère Leroy. Il en avait déjà assez de cette affaire et il ne comprenait rien à l'attitude du patron qui semblait ruminer gravement Dieu sait quelles idées.

— S'il ne m'avait pas chipé ma pipe... commença Maigret.

— Eh bien ! Qu'est-ce que ça prouve ?

— Tu ne peux pas comprendre. Je serais plus tranquille. Garçon ! qu'est-ce que je vous dois ?

Ils attendirent l'autobus, l'un près de l'autre, à regarder le quai à peu près désert où les grues, pendant le casse-croûte, restaient les bras en l'air et où les péniches semblaient dormir.

Dans l'autobus, Lucas remarqua :

— Vous ne rentrez pas chez vous ?

— J'ai envie de passer au quai.

Et soudain, avec un drôle de rire bref autour du tuyau de sa pipe :

— Pauvre type !... Je pense à l'adjudant qui a peut-être trompé sa femme une fois dans sa vie et qui, pendant le restant de ses jours, a été bouclé chaque nuit dans sa propre maison !

Puis, après un moment de lourde rêverie :

— Tu as remarqué, Lucas, dans les cimetières, qu'il y a beaucoup plus de tombes de veuves que de veufs ? « Ci-gît Untel, décédé en 1901. » Puis, en dessous, d'une gravure plus fraîche : « Ci-gît Une telle, veuve Untel, décédée en 1930. » Elle l'a retrouvé, bien sûr, mais vingt-neuf ans après !

Lucas n'essaya pas de comprendre et changea d'autobus pour aller déjeuner avec sa femme.

Pendant qu'aux Sommiers on s'occupait de tous les Bleustein qui pouvaient avoir eu maille à partir avec la Justice, Maigret s'occupait des affaires courantes et Lucas passait une bonne partie de son après-midi dans le quartier de la République.

L'orage n'éclatait pas. La chaleur était de plus en plus lourde, avec un ciel plombé qui virait au violet comme un vi ain furoncle. Dix fois au moins, Maigret avait tendu la main sans le vouloir vers sa bonne pipe absente, et chaque fois il avait grommelé :

— Sacré gamin !

Deux fois il brancha son appareil sur le standard :

— Pas encore de nouvelles de Lucas ?

Ce n'était pourtant pas si compliqué de questionner les collègues de Joseph Leroy, au salon de coiffure, et par eux, sans doute, d'arriver à cette Mathilde qui lui écrivait de tendres billets.

D'abord, Joseph avait volé la pipe de Maigret.

Ensuite, ce même Joseph, bien que tout habillé, était en pantoufles — si l'on peut appeler ça des pantoufles — la nuit précédente.

Maigret interrompit soudain la lecture d'un procès-verbal, demanda les Sommiers au bout du fil, questionna avec une impatience qui ne lui était pas habituelle :

— Eh bien ! ces Bleustein ?

— On y travaille, monsieur le commissaire. Il y en a toute une tapée, des vrais et des faux. On contrôle les dates, les domiciles. En tout cas, je n'en trouve aucun qui ait été inscrit à un moment quelconque au quai de Bercy. Dès que j'aurai quelque chose, je vous préviendrai.

Lucas, enfin, un Lucas suant qui avait eu le temps d'avaler un demi à la Brasserie Dauphine avant de monter.

— On y est, patron. Pas sans mal, je vous assure. J'aurais cru que ça irait tout seul. Ah ! bien oui. Notre Joseph est un drôle de pistolet qui ne faisait pas volontiers ses confidences. Imaginez un salon de coiffure tout en longueur. *Palace-Coiffure*, que ça s'appelle, avec quinze ou vingt fauteuils articulés sur un rang, devant les glaces, et autant de commis... C'est la bousculade du matin au soir là dedans. Ça entre, ça sort, et je te taille, et je te savonne, et je te lotionne !

» — Joseph ? que me dit le patron, un petit gros poivre et sel. Quel Joseph, d'abord ? Ah ! oui, le Joseph à boutons. Eh bien ! qu'est-ce qu'il a fait, Joseph ?

» Je lui demande la permission de questionner ses

165

employés et me voilà de fauteuil en fauteuil, avec des gens qui échangent des sourires et des clins d'œil.

» — Joseph ? Non, je ne l'ai jamais accompagné. Il s'en allait toujours tout seul. S'il avait une poule ? C'est possible... Quoique, avec sa gueule...

» Et ça rigole.

» — Des confidences ? Autant en demander à un cheval de bois. Monsieur avait honte de son métier de coiffeur et il ne se serait pas abaissé à fréquenter des merlans.

» Vous voyez le ton, patron. Fallait en outre que j'attende qu'on ait fini un client. Le patron commençait à me trouver encombrant.

» Enfin, j'arrive à la caisse. Une caissière d'une trentaine d'années, rondelette, l'air très doux, très sentimental.

» — Joseph a fait des bêtises ? qu'elle me demande d'abord.

» — Mais non, mademoiselle. Au contraire. Il avait une liaison dans le quartier, n'est-ce pas ?

Maigret grogne :

— Abrège, tu veux ?

— D'autant plus qu'il est temps d'y aller, si vous tenez à voir la petite. Bref, c'est par la caissière que Joseph recevait les billets quand sa Mathilde ne pouvait être au rendez-vous. Celui que j'ai déniché dans le paquet de cigarettes doit dater d'avant-hier. C'était un gamin qui entrait vivement dans le salon de coiffure et qui remettait le billet à la caisse en murmurant :

» — Pour M. Joseph.

» La caissière, par bonheur, a vu le gamin en question pénétrer plusieurs fois dans une maroquinerie du boulevard Bonne-Nouvelle.

» Voilà comment, de fil en aiguille, j'ai fini par dénicher Mathilde.

— Tu ne lui as rien dit, au moins ?

— Elle ne sait même pas que je m'occupe d'elle. J'ai simplement demandé à son patron s'il avait une employée nommée Mathilde. Il me l'a désignée à son comptoir. Il voulait l'appeler. Je lui ai demandé de ne rien dire. Si vous voulez... Il est cinq heures et demie. Dans une demi-heure, le magasin ferme.

— Excusez-moi, mademoiselle...
— Non, monsieur.
— Un mot seulement...
— Veuillez passer votre chemin.

Une petite bonne femme, assez jolie, d'ailleurs, qui s'imaginait que Maigret... Tant pis !

— Police.
— Comment ? Et c'est à moi que... ?
— Je voudrais vous dire deux mots, oui. Au sujet de votre amoureux.
— Joseph ?... Qu'est-ce qu'il a fait ?
— Je l'ignore, mademoiselle. Mais j'aimerais savoir où il se trouve en ce moment.

A cet instant précis, il pensa :
« Zut ! La gaffe... »

Il l'avait faite, comme un débutant. Il s'en rendait compte en la voyant regarder autour d'elle avec inquiétude. Quel besoin avait-il éprouvé de lui parler au lieu de la suivre ? Est-ce qu'elle n'avait pas rendez-vous avec lui près du métro ? Est-ce qu'elle ne s'attendait pas à l'y trouver ? Pourquoi ralentissait-elle le pas au lieu de continuer son chemin ?

— Je suppose qu'il est à son travail, comme d'habitude ?
— Non, mademoiselle. Et sans doute le savez-vous aussi bien et même mieux que moi.
— Qu'est-ce que vous voulez dire ?

C'était l'heure de la cohue sur les Grands Boulevards. De véritables processions se dirigeaient vers les entrées de métro dans lesquelles la foule s'enfournait.

— Restons un moment ici, voulez-vous ? disait-il en l'obligeant à demeurer à proximité de la station.

Et elle s'énervait, c'était visible. Elle tournait la tête en tous sens. Elle avait la fraîcheur de ses dix-huit ans, un petit visage rond, un aplomb de petite Parisienne.

— Qui est-ce qui vous a parlé de moi ?

— Peu importe. Qu'est-ce que vous savez de Joseph ?

— Qu'est-ce que vous lui voulez, que je sache ?

Le commissaire aussi épiait la foule, en se disant que, si Joseph l'apercevait avec Mathilde, il s'empresserait sans doute de disparaître.

— Est-ce que votre amoureux vous a jamais parlé d'un prochain changement dans sa situation ? Allons ! Vous allez mentir, je le sens.

— Pourquoi mentirais-je ?

Elle s'était mordu la lèvre.

— Vous voyez bien ! Vous questionnez pour avoir le temps de trouver un mensonge.

Elle frappa le trottoir de son talon.

— Et d'abord qui me prouve que vous êtes vraiment de la police ?

Il lui montra sa carte.

— Avouez que Joseph souffrait de sa médiocrité.

— Et après ?

— Il en souffrait terriblement, exagérément.

— Il n'avait peut-être pas envie de rester garçon coiffeur. Est-ce un crime ?

— Vous savez bien que ce n'est pas ce que je veux dire. Il avait horreur de la maison qu'il habitait, de la vie qu'il menait. Il avait même honte de sa mère, n'est-ce pas ?

— Il ne me l'a jamais dit.

— Mais vous le sentiez. Alors, ces derniers temps, il a dû vous parler d'un changement d'existence.

— Non.

— Depuis combien de temps vous connaissez-vous ?

— Un peu plus de six mois. C'était en hiver. Il est entré dans le magasin pour acheter un porte-feuille. J'ai compris qu'il les trouvait trop chers, mais il n'a pas osé me le dire et il en a acheté un. Le soir, je l'ai aperçu sur le trottoir. Il m'a suivie plusieurs jours avant d'oser me parler.

— Où alliez-vous ensemble ?

— La plupart du temps, on ne se voyait que quel-ques minutes dehors. Parfois, il m'accompagnait en métro jusqu'à la station Championnet, où j'habite. Il nous est arrivé d'aller ensemble au cinéma le dimanche, mais c'était difficile, à cause de mes parents.

— Vous n'êtes jamais allée chez lui en l'absence de sa mère ?

— Jamais, je le jure. Une fois, il a voulu me mon-trer sa maison, de loin, pour m'expliquer.

— Qu'il était très malheureux... Vous voyez ?

— Il a fait quelque chose de mal ?

— Mais non, petite demoiselle. Il a simplement disparu. Et je compte un peu sur vous, pas beau-coup, je l'avoue, pour le retrouver. Inutile de vous demander s'il avait une chambre en ville.

— On voit bien que vous ne le connaissez pas. D'ailleurs, il n'avait pas assez d'argent. Il remettait tout ce qu'il gagnait à sa mère. Elle lui laissait à peine assez pour acheter quelques cigarettes.

Elle rougit.

— Quand nous allions au cinéma, nous payions chacun notre place et une fois que...

— Continuez...

— Mon Dieu, pourquoi pas... Il n'y a pas de mal à cela... Une fois, il y a un mois, que nous sommes allés ensemble à la campagne, il n'avait pas assez pour payer le déjeuner.

— De quel côté êtes-vous allés ?

— Sur la Marne. Nous sommes descendus du train à Chelles et nous nous sommes promenés entre la Marne et le canal.

— Je vous remercie, mademoiselle.

Etait-elle soulagée de n'avoir pas aperçu Joseph dans la foule ? Dépitée ? Les deux, sans doute.

— Pourquoi est-ce la police qui le recherche ?

— Parce que sa mère nous l'a demandé. Ne vous inquiétez pas, mademoiselle. Et croyez-moi : si vous aviez de ses nouvelles avant nous, avertissez-nous immédiatement.

Quand il se retourna, il la vit qui, hésitante, descendait les marches du métro.

Une fiche l'attendait, sur son bureau du Quai des Orfèvres.

Un nommé Bleustein Stéphane, âgé de trente-sept ans, a été tué le 15 février 1919, dans son appartement de l'hôtel Negresco, à Nice, où il était descendu quelques jours auparavant. Bleustein recevait d'assez fréquentes visites souvent tard dans la nuit. Le crime a été commis à l'aide d'un revolver calibre 6 mm 35 qui n'a pas été retrouvé.

L'enquête menée à l'époque n'a pas permis de découvrir le coupable. Les bagages de la victime ont été fouillés de fond en comble par l'assassin et, le matin, la chambre était dans un désordre indescriptible.

Quant à Bleustein lui-même, sa personnalité est restée assez mystérieuse et c'est en vain qu'on a fait des recherches pour savoir d'où il venait. Lors de son arrivée à Nice, il débarquait du rapide de Paris.

La brigade mobile de Nice possède sans doute de plus amples renseignements.

La date de l'assassinat correspondait avec celle de la disparition du Bleustein du quai de Bercy, et Maigret, cherchant une fois de plus sa pipe absente et ne la trouvant pas, grogna avec humeur :

— Sacré petit idiot !

3

RECHERCHES DANS L'INTERET DES FAMILLES

Il Y A DES RITOURNELLES qui, en chemin de fer, par exemple, s'insinuent si bien en vous et sont si parfaitement adaptées au rythme de la marche qu'il est impossible de s'en défaire. C'était dans un vieux taxi grinçant que celle-ci poursuivit Maigret et le rythme était marqué par le martèlement, sur le toit mou, d'une grosse pluie d'orage :

Re-cher-ches-dans-l'in-té-rêt-des-fa-mil-les.   Recher-ches-dans-l'in...

Car, enfin, il n'avait aucune raison d'être ici, à foncer dans l'obscurité de la route avec une jeune fille blême et tendue à côté de lui et le docile petit Lucas sur le strapontin. Quand un personnage comme Mme Leroy vient vous déranger, on ne la laisse même pas achever ses lamentations.

— On ne vous a rien volé, madame ? Vous ne portez pas plainte ? Dans ce cas, je regrette.

Et si même son fils a disparu :

— Vous dites qu'il est parti ? Si nous devions rechercher toutes les personnes qui s'en vont de chez elles, la police entière ne ferait plus que cela, et encore les effectifs seraient-ils insuffisants !

« Recherches dans l'intérêt des familles. » C'est ainsi que cela s'appelle. Cela ne se fait qu'aux frais de ceux qui réclament ces recherches. Quant aux résultats...

Toujours de braves gens, d'ailleurs, qu'ils soient vieux ou jeunes, hommes ou femmes, de bonnes têtes, des yeux doux, et un peu ahuris, des voix insistantes et humbles :

« — Je vous jure, monsieur le commissaire, que ma femme — et je la connais mieux que personne — n'est pas partie de son plein gré. »

Ou sa fille, « sa fille si innocente, si tendre, si... »

Et il y en a comme ça des centaines tous les jours. « Recherches dans l'intérêt des familles. » Est-ce la peine de leur dire qu'il vaut mieux pour eux qu'on ne retrouve pas leur femme ou leur fille, ou leur mari, parce que ce serait une désillusion ? *Recherches dans...*

Et Maigret s'était encore une fois laissé embarquer ! L'auto avait quitté Paris, roulait sur la grand-route, en dehors du ressort de la P.J. Il n'avait rien à faire là. On ne lui rembourserait même pas ses frais.

Tout cela à cause d'une pipe. L'orage avait éclaté au moment où il descendait de taxi en face de la maison du quai de Bercy. Quand il avait sonné, Mme Leroy était en train de manger, toute seule dans la cuisine, du pain, du beurre et un hareng saur. Malgré ses inquiétudes, elle avait essayé de cacher le hareng !

— Reconnaissez-vous cet homme, madame ?

Et elle, sans hésiter, mais avec surprise :

— C'est mon ancien locataire, M. Bleustein. C'est drôle... Sur la photo, il est habillé comme un...

Comme un homme du monde, oui, tandis qu'à Charenton il avait l'air d'un assez pauvre type. Dire qu'il avait fallu aller chercher la photographie dans la collection d'un grand journal parce que, Dieu sait pourquoi, on ne la retrouvait pas dans les archives.

— Qu'est-ce que cela signifie, monsieur le

commissaire ? Où est cet homme ? Qu'est-ce qu'il a fait ?

— Il est mort. Dites-moi. Je vois — il jetait un coup d'œil circulaire dans la pièce où armoires et tiroirs avaient été vidés — que vous avez eu la même idée que moi...

Elle rougit. Déjà elle se mettait sur la défensive. Mais le commissaire, ce soir, n'était pas patient.

— Vous avez fait l'inventaire de tout ce qu'il y a dans la maison. Ne niez pas. Vous aviez besoin de savoir si votre fils n'a rien emporté, n'est-ce pas ? Résultat ?

— Rien, je vous jure. Il ne manque rien. Qu'est-ce que vous pensez ? Où allez-vous ?

Car il s'en allait comme un homme pressé, remontait dans son taxi. Encore du temps perdu et stupidement. Tout à l'heure, il avait la jeune fille en face de lui, boulevard Bonne-Nouvelle. Or il n'avait pas pensé à lui demander son adresse exacte. Et maintenant il avait besoin d'elle. Heureusement que le maroquinier habitait dans l'immeuble.

Taxi à nouveau. De grosses gouttes crépitaient sur le macadam. Les passants couraient. L'auto faisait des embardées.

— Rue Championnet. Au 67...

Il faisait irruption dans une petite pièce où quatre personnes : le père, la mère, la fille et un garçon de douze ans mangeaient la soupe autour d'une table ronde. Mathilde se dressait, épouvantée, la bouche ouverte pour un cri.

— Excusez-moi, messieurs-dames. J'ai besoin de votre fille pour reconnaître un client qu'elle a vu au magasin. Voulez-vous, mademoiselle, avoir l'obligeance de me suivre ?

Recherches dans l'intérêt des familles ! Ah ! c'est autre chose que de se trouver devant un brave cadavre qui vous donne tout de suite des indications, ou de courir après un meurtrier dont il n'est pas difficile de deviner les réflexes possibles.

Tandis qu'avec des amateurs ! Et ça pleure ! Et ça tremble ! Et il faut prendre garde au papa ou à la maman.

— Où allons-nous ?

— A Chelles.

— Vous croyez qu'il y est ?

— Je n'en sais absolument rien, mademoiselle. Chauffeur... Passez d'abord au Quai des Orfèvres.

Et là, il avait embarqué Lucas qui l'attendait.

Recherches dans l'intérêt des familles. Il était assis dans le fond de la voiture avec Mathilde, qui avait tendance à se laisser glisser contre lui. De grosses gouttes d'eau perçaient le toit délabré et lui tombaient sur le genou gauche. En face de lui, il voyait le bout incandescent de la cigarette de Lucas.

— Vous vous souvenez bien de Chelles, mademoiselle ?

— Oh ! oui.

Parbleu ! est-ce que ce n'était pas son plus beau souvenir d'amour ? La seule fois qu'ils s'étaient échappés de Paris, qu'ils avaient couru ensemble parmi les hautes herbes, le long de la rivière !

— Vous croyez que, malgré l'obscurité, vous pourrez nous conduire ?

— Je crois. A condition que nous partions de la gare. Parce que nous y sommes allés par le train.

— Vous m'avez dit que vous aviez déjeuné dans une auberge ?

— Une auberge délabrée, oui, tellement sale, tellement sinistre, que nous avions presque peur. Nous avons pris un chemin qui longeait la Marne. A certain moment, le chemin n'a plus été qu'un sentier. Attendez... Il y a, sur la gauche, un four à chaux abandonné. Puis, peut-être à cinq cents mètres, une maisonnette à un seul étage. Nous avons été tout surpris de la trouver là.

» ... Nous sommes entrés. Un comptoir de zinc, à droite... des murs passés à la chaux, avec quelques chromos et seulement deux tables de fer et quelques chaises.. Le type...

— Vous parlez du patron ?

— Oui. Un petit brun qui avait plutôt l'air d'autre chose. Je ne sais pas comment vous dire. On se fait des idées. Nous avons demandé si on pouvait manger et il nous a servi du pâté, du saucisson, puis du lapin qu'il avait fait réchauffer. C'était très bon. Le patron a bavardé avec nous, nous a parlé des pêcheurs à la ligne qui forment sa clientèle. D'ailleurs, il y avait tout un tas de cannes à pêche dans un coin. Quand on ne sait pas, on se fait des idées.

— C'est ici ? questionna Maigret à travers la vitre, car le chauffeur s'était arrêté.

Une petite gare. Quelques lumières dans le noir.

— A droite, dit la jeune fille. Puis encore la seconde à droite. C'est là que nous avons demandé notre chemin. Mais pourquoi pensez-vous que Joseph est venu par ici ?

Pour rien ! Ou plutôt à cause de la pipe, mais ça, il n'osait pas le dire.

Recherches dans l'intérêt des familles ! De quoi faire bien rire de lui. Et pourtant...

— Tout droit maintenant, chauffeur, intervenait Mathilde. Jusqu'à ce que vous trouviez la rivière. Il y a un pont, mais, au lieu de le passer, vous tournerez à gauche. Attention, la route n'est pas large.

— Avouez, mon petit, que votre Joseph, ces derniers temps, vous a parlé d'un changement possible et même probable dans sa situation.

Plus tard, peut-être deviendrait-elle aussi coriace que la mère Leroy. Est-ce que la mère Leroy n'avait pas été une jeune fille, elle aussi, et tendre, et sans doute jolie ?

— Il avait de l'ambition.

— Je ne parle pas de l'avenir. Je parle de tout de suite.

— Il voulait être autre chose que coiffeur.

— Et il s'attendait à avoir de l'argent, n'est-ce pas ?

Elle était à la torture. Elle avait une telle peur de trahir son Joseph !

La voiture, au ralenti, suivait un mauvais chemin le long de la Marne, et on voyait, à gauche, quelques pavillons miteux, de rares villas plus prétentieuses. Une lumière, par-ci par-là, ou un chien qui aboyait. Puis, soudain, à un kilomètre du pont environ, les ornières s'approfondissaient, le taxi s'arrêtait, le chauffeur annonçait :

— Je ne peux pas aller plus loin.

Il pleuvait de plus belle. Quand ils sortirent de l'auto, l'averse les inonda et tout était mouillé, visqueux, le sol qui glissait sous leurs pieds, les buissons qui les caressaient au passage. Un peu plus loin, il leur fallut marcher à la file indienne, tandis que le chauffeur s'asseyait en grommelant dans sa voiture et se préparait sans doute à faire un somme.

— C'est drôle. Je croyais que c'était plus près. Vous ne voyez pas encore de maison ?

La Marne coulait tout près d'eux. Leurs pieds faisaient éclater des flaques d'eau. Maigret marchait devant, écartait les branches. Mathilde le serrait de près et Lucas fermait la marche avec l'indifférence d'un chien de Terre-Neuve.

La jeune fille commençait à avoir peur.

— J'ai pourtant reconnu le pont et le four à chaux. Ce n'est pas possible que nous nous soyons trompés.

— Il y a de bonnes raisons, grogna Maigret, pour que le temps vous semble plus long aujourd'hui que quand vous êtes venue avec Joseph... Tenez... On voit une lumière, à gauche.

176

— C'est sûrement là.

— Chut ! Tâchez de ne pas faire de bruit.

— Vous croyez que... ?

Et lui, soudain tranchant :

— Je ne crois rien du tout. Je ne crois jamais rien, mademoiselle.

Il les laissa arriver à sa hauteur, parla bas à Lucas.

— Tu vas attendre ici avec la petite. Ne bougez que si j'appelle. Penchez-vous, Mathilde. D'ici, on aperçoit la façade. La reconnaissez-vous ?

— Oui. Je jurerais.

Déjà le large dos de Maigret formait écran entre elle et la petite lumière.

Et elle se trouva seule, les vêtements trempés, en pleine nuit, sous la pluie, au bord de l'eau, avec un petit homme qu'elle ne connaissait pas et qui fumait tranquillement cigarette sur cigarette.

CHAPITRE

4

LE RENDEZ-VOUS DES PECHEURS

Mathilde n'avait pas exagéré en affirmant que l'endroit était inquiétant, sinon sinistre. Une sorte de tonnelle délabrée flanquait la maisonnette aux vitres grises dont les volets étaient fermés. La porte était ouverte, car l'orage commençait seulement à rafraîchir l'air.

Une lumière jaunâtre éclairait un plancher sale. Maigret jaillit brusquement de l'obscurité, s'encadra, plus grand que nature, dans la porte et, la pipe aux lèvres, toucha le bord de son chapeau en murmurant :

— Bonsoir, messieurs.

Il y avait là deux hommes qui bavardaient à une table de fer sur laquelle on voyait une bouteille de marc et deux verres épais. L'un d'eux, un petit brun en manches de chemise, dressa tranquillement la tête, montra un regard un peu étonné, se leva en remontant son pantalon sur ses hanches et murmura :

— Bonsoir...

L'autre tournait le dos, mais ce n'était évidemment pas Joseph Leroy. Sa carrure était imposante. Il portait un complet gris très clair. Chose curieuse, malgré ce qu'il y avait d'un peu intempestif dans cette irruption tardive, il ne bougeait pas : on eût même dit qu'il

178

s'efforçait de ne pas tressaillir. Une horloge réclame, en faïence, accrochée au mur, marquait minuit dix, mais il devait être plus tard. Etait-il naturel que l'homme n'eût même pas la curiosité de se retourner pour voir qui entrait ?

Maigret restait debout à proximité du comptoir, tandis que l'eau dégoulinait de ses vêtements et faisait des taches sombres sur le plancher gris.

— Vous aurez une chambre pour moi, patron ?

Et l'autre, pour gagner du temps, prenait place derrière son comptoir où il n'y avait que trois ou quatre bouteilles douteuses sur l'étagère, questionnait à son tour :

— Je vous sers quelque chose ?

— Si vous y tenez. Je vous ai demandé si vous aviez une chambre.

— Malheureusement non. Vous êtes venu à pied ?

Au tour de Maigret de ne pas répondre et de dire :

— Un marc.

— Il me semblait avoir entendu un moteur d'auto.

— C'est bien possible. Vous avez une chambre ou non ?

Toujours ce dos à quelques mètres de lui, un dos si immobile qu'on l'aurait cru taillé dans la pierre. Il n'y avait pas l'électricité. La pièce n'était éclairée que par une méchante lampe à pétrole.

Si l'homme ne s'était pas retourné... S'il conservait une immobilité si rigoureuse et si pénible...

Maigret se sentait inquiet. Il venait de calculer rapidement qu'étant donné la dimension du café et de la cuisine, qu'on apercevait derrière, il devait y avoir au moins trois chambres à l'étage. Il aurait juré, à voir le patron, à l'aspect miteux des lieux, à une certaine qualité de désordre, d'abandon, qu'il n'y avait pas de femme dans la maison.

Or on venait de marcher au-dessus de sa tête, à

pas furtifs. Cela devait avoir une certaine importance, puisque le patron levait machinalement la tête et paraissait contrarié.

— Vous avez beaucoup de locataires en ce moment ?

— Personne. A part...

Il désignait l'homme, ou plutôt le dos immuable, et, soudain, Maigret eut l'intuition d'un danger sérieux, il comprit qu'il fallait agir très vite, sans un faux mouvement. Il eut le temps de voir la main de l'homme, sur la table, se rapprocher de la lampe et il fit un bond en avant.

Il arriva trop tard. La lampe s'était écrasée sur le sol avec un bruit de verre brisé, tandis qu'une odeur de pétrole envahissait la pièce.

— Je me doutais bien que je te connaissais, salaud.

Il était parvenu à saisir l'homme par son veston. Il tentait d'avoir une meilleure prise, mais l'autre frappait pour se dégager. Ils étaient dans l'obscurité totale. A peine si le rectangle de la porte se dessinait dans une vague lueur de nuit. Que faisait le patron ? Allait-il venir à la rescousse de son client ?

Maigret frappa à son tour. Puis il sentit qu'on lui mordait la main et alors il se jeta de tout son poids sur son adversaire et tous deux roulèrent sur le plancher, parmi les débris de verre.

— Lucas ! cria Maigret de toutes ses forces. Lucas...

L'homme était armé, Maigret sentait la forme dure d'un revolver dans la poche du veston et il s'efforçait d'empêcher une main de se glisser dans cette poche.

Non, le patron ne bougeait pas. On ne l'entendait pas. Il devait rester immobile, peut-être indifférent, derrière son comptoir.

— Lucas !...

— J'arrive, patron.

180

Lucas courait, dehors, dans les flaques d'eau, dans les ornières, et répétait :

— Je vous dis de rester là. Vous entendez ? Je vous défends de me suivre.

A Mathilde, sans doute, qui devait être blême de frayeur.

— Si tu as encore le malheur de mordre, sale bête, je t'écrase la gueule. Compris ?

Et le coude de Maigret empêchait le revolver de sortir de la poche. L'homme était aussi vigoureux que lui. Dans l'obscurité, tout seul, le commissaire n'en aurait peut-être pas eu raison. Ils avaient heurté la table, qui s'était renversée sur eux.

— Ici Lucas. Ta lampe électrique.

— Voilà, patron.

Et soudain un faisceau de lumière blême éclairait les deux hommes aux membres emmêlés.

— Sacrebleu ! Nicolas ! Comme on se retrouve, hein !

— Si vous croyez que je ne vous avais pas reconnu, moi, rien qu'à votre voix.

— Un coup de main, Lucas. L'animal est dangereux. Tape un bon coup dessus pour le calmer. Tape. N'aie pas peur. C'est un dur...

Et Lucas frappa aussi fort qu'il put, avec sa petite matraque de caoutchouc, sur le crâne de l'homme.

— Tes menottes. Passe. Si je m'attendais à retrouver cette sale bête ici. Là, ça y est. Tu peux te relever, Nicolas. Pas la peine de faire croire que t'es évanoui. Tu as la tête plus solide que ça. Patron !

Il dut appeler une seconde fois, et ce fut assez étrange d'entendre la voix paisible du tenancier qui s'élevait de l'obscurité, du côté du zinc :

— Messieurs...

— Il n'y a pas une autre lampe, ou une bougie dans la maison ?

— Je vais vous chercher une bougie. Si vous voulez bien éclairer la cuisine.

Maigret étanchait de son mouchoir son poignet que l'autre avait vigoureusement mordu. On entendait sangloter près de la porte. Mathilde sans doute, qui ne savait pas ce qui se passait et qui croyait peut-être que c'était avec Joseph que le commissaire...

— Entrez, mon petit. N'ayez pas peur. Je crois que c'est bientôt fini. Toi, Nicolas, assieds-toi ici et, si tu as le malheur de bouger...

Il posa son revolver et celui de son adversaire sur une table à portée de sa main. Le patron revenait avec une bougie, aussi calme que si rien ne s'était passé.

— Maintenant, lui dit Maigret, va me chercher le jeune homme.

Un temps d'hésitation. Est-ce qu'il allait nier ?

— Je te dis d'aller me chercher le jeune homme, compris ?

Et, tandis qu'il faisait quelques pas vers la porte :

— Est-ce qu'il a une pipe, au moins ?

Entre deux sanglots, la jeune fille questionnait :

— Vous êtes sûr qu'il est ici et qu'il ne lui est rien arrivé ?

Maigret ne répondait pas, tendait l'oreille. Le patron, là-haut, frappait à une porte. Il parlait à mi-voix, avec insistance. On reconnaissait des bribes de phrases :

— Ce sont des messieurs de Paris et une demoiselle. Vous pouvez ouvrir. Je vous jure que...

Et Mathilde, éplorée :

— S'ils l'avaient tué...

Maigret haussa les épaules et se dirigea à son tour vers l'escalier.

— Attention au colis, Lucas. Tu as reconnu notre vieil ami Nicolas, n'est-ce pas ? Moi qui le croyais toujours à Fresnes !

Il montait l'escalier lentement, écartait le patron penché sur la porte.

— C'est moi, Joseph. Le commissaire Maigret. Vous pouvez ouvrir, jeune homme.

Et, au patron :

— Qu'est-ce que vous attendez pour descendre, vous ? Allez servir quelque chose à la jeune fille, un grog, n'importe quoi de remontant. Eh bien ! Joseph !

Une clef tourna enfin dans la serrure. Maigret poussa la porte.

— Il n'y a pas de lumière ?

— Attendez. Je vais allumer. Il reste un petit bout de bougie.

Les mains de Joseph tremblaient, son visage, quand la flamme de la bougie l'éclaira, révélait la terreur.

— Il est toujours en bas ? haleta-t-il.

Et des mots en désordre, des idées qui se bousculaient :

— Comment avez-vous pu me trouver ? Qu'est-ce qu'ils vous ont dit ? Qui est la demoiselle ?

Une chambre de campagne, un lit très haut, défait, une commode qui avait dû être précédemment tirée devant la porte comme pour un siège en règle.

— Où les avez-vous mis ? questionna Maigret de l'air le plus naturel du monde.

Joseph le regarda, stupéfait, comprit que le commissaire savait tout. Il n'aurait pas regardé autrement Dieu le Père faisant irruption dans la chambre.

Avec des gestes fébriles, il fouilla dans la poche-revolver de son pantalon, en tira un tout petit paquet fait de papier journal.

Il avait les cheveux en désordre, les vêtements fripés. Le commissaire regarda machinalement ses pieds, qui n'étaient chaussés que de pantoufles informes.

— Ma pipe...

Cette fois, le gamin eut envie de pleurer et ses

lèvres se gonflèrent en une moue enfantine. Maigret se demanda même s'il n'allait pas se jeter à genoux et demander pardon.

— Du calme, jeune homme, lui conseilla-t-il. Il y a du monde en bas.

Et il prit en souriant la pipe que l'autre lui tendait en tremblant de plus belle.

— Chut ! Mathilde est dans l'escalier. Elle n'a pas la patience d'attendre que nous descendions. Donnez-vous un coup de peigne.

Il souleva un broc pour verser de l'eau dans la cuvette, mais le broc était vide.

— Pas d'eau ? s'étonna le commissaire.

— Je l'ai bue.

Mais oui ! Evidemment ! Comment n'y avait-il pas pensé ? Ce visage pâle, des traits tirés, ses yeux comme délavés.

— Vous avez faim ?

Et, sans se retourner, à Mathilde dont il sentait la présence dans l'obscurité du palier :

— entrez, mon petit... Pas trop d'effusions, si vous voulez m'en croire. Il vous aime bien, c'est entendu, mais, avant tout, je pense qu'il a besoin de manger.

5

L'EXTRAVAGANTE FUITE DE JOSEPH

C'ETAIT BON, MAINTENANT, d'entendre la pluie pianoter sur le feuillage alentour et surtout de recevoir par la porte grande ouverte l'haleine humide et fraîche de la nuit.

Malgré son appétit, Joseph avait eu de la peine à manger le sandwich au pâté que le patron lui avait préparé, tant il avait la gorge serrée, et on voyait encore de temps en temps sa pomme d'Adam monter et descendre.

Quant à Maigret, il en était à son deuxième ou troisième verre de marc et il fumait maintenant sa bonne pipe enfin retrouvée.

— Voyez-vous, jeune homme, ceci dit sans vous encourager aux menus larcins, si vous n'aviez pas chipé ma pipe, je crois bien qu'on aurait retrouvé votre corps un jour ou l'autre dans les roseaux de la Marne. La pipe de Maigret, hein !

Et, ma foi, Maigret disait ces mots avec une certaine satisfaction, en homme chez qui l'orgueil est assez agréablement chatouillé. On lui avait chipé sa pipe, comme d'autres chipent le crayon d'un grand écrivain, un pinceau d'un peintre illustre, un mouchoir ou quelque menu objet d'une vedette favorite.

Cela, le commissaire l'avait compris dès le premier jour. *Recherche dans l'intérêt des familles*... Une affaire dont il n'aurait même pas dû s'occuper.

Oui, mais voilà, un jeune homme qui souffrait du sentiment de sa médiocrité lui avait chipé sa pipe. Et ce jeune homme-là, la nuit suivante, avait disparu. Ce jeune homme, toujours, avait essayé de dissuader sa mère de s'adresser à la police.

Parce qu'il tenait à faire l'enquête lui-même, parbleu ! Parce qu'il s'en sentait capable ! Parce que, la pipe de Maigret aux dents, il se croyait...

— Quand avez-vous compris que c'étaient des diamants que le mystérieux visiteur venait chercher dans votre maison ?

Joseph faillit mentir, par gloriole, puis il se ravisa après avoir jeté un coup d'œil à Mathilde.

— Je ne savais pas que c'étaient des diamants. C'était fatalement quelque chose de petit, car on fouillait dans les moindres recoins, on ouvrait même des boîtes minuscules qui contenaient de la pharmacie.

— Dis donc, Nicolas ! Hé! Nicolas !

Celui-ci, tassé sur une chaise, dans un coin, ses poings réunis par les menottes sur les genoux, regardait farouchement devant lui.

— Quand tu as tué Bleustein, à Nice...

Il ne broncha pas. Pas un trait de son visage osseux ne bougea.

— Tu entends que je te parle, oui, ou plutôt que je te cause, comme tu dirais élégamment. Quand tu as descendu Bleustein, au *Negresco*, tu n'as pas compris qu'il te roulait ? Tu ne veux pas te mettre à table ? Bon ! Ça viendra. Qu'est-ce qu'il t'a dit, Bleustein ? Que les diamants étaient dans la maison du quai de Bercy. Entendu ! Mais tu aurais dû te douter que ces petits machins-là, c'est facile à cacher. Peut-être qu'il t'avait désigné une fausse cachette ? Ou que tu t'es cru plus malin que tu ne l'es ? Mais non ! Ne parle pas tant. Je ne te demande pas d'où provenaient les diamants. Nous saurons ça demain, après que les experts les auront examinés.

» Pas de chance que, juste à ce moment-là, tu te sois fait emballer pour une vieille affaire. De quoi s'agissait-il encore ? Un cambriolage boulevard Saint-Martin, si je ne me trompe ? Au fait ! Encore une bijouterie. Quand on se spécialise, n'est-ce pas ?... Tu as tiré trois ans. Et voilà trois mois, une fois à l'air libre, tu es venu rôder autour de la maison. Tu avais la clef que Bleustein s'était fabriquée !... Tu dis ?... Bien ! Comme tu voudras.

Le jeune homme et la jeune fille le regardaient avec étonnement. Ils ne pouvaient pas comprendre l'enjouement subit de Maigret, parce qu'ils ne savaient pas quelles inquiétudes il avait ressenties pendant les dernières heures.

— Vois-tu, Joseph. Tiens ! voilà que je te tutoie, maintenant. Tout cela, c'était du facile. Un inconnu qui s'introduit dans une maison trois ans après que cette maison ne prend plus de locataires... J'ai tout de suite pensé à quelqu'un qui sortait de prison. Une maladie n'aurait pas duré trois ans. J'aurais dû examiner tout de suite les listes de levées d'écrou et je serais tombé sur notre ami Nicolas... Tu as du feu, Lucas ? Mes allumettes sont détrempées.

» Et maintenant, Joseph, raconte-nous ce qui s'est passé pendant la fameuse nuit.

— J'étais décidé à trouver. Je pensais que c'était quelque chose de très précieux, que cela représentait une fortune...

— Et, comme ta maman m'avait mis sur l'affaire, tu as voulu trouver coûte que coûte cette nuit-là ?

Il baissa la tête.

— Et, pour ne pas être dérangé, tu as versé Dieu sait quoi dans la tisane de ta maman.

Il ne nia pas. Sa pomme d'Adam montait et descendait à un rythme accéléré.

— Je voulais tant vivre autrement ! balbutia-t-il à voix si basse qu'on l'entendit à peine.

— Tu es descendu, en pantoufles. Pourquoi étais-tu si sûr de trouver cette nuit-là ?

— Parce que j'avais déjà fouillé toute la maison, sauf la salle à manger. J'avais divisé les pièces en secteurs. J'étais certain que ce ne pouvait être que dans la salle à manger.

Une nuance d'orgueil perçait à travers son humilité et son abattement quand il déclara :

— J'ai trouvé !

— Où ?

— Vous avez peut-être remarqué que, dans la salle à manger, il y a une ancienne suspension à gaz, avec des bobèches et des fausses bougies en porcelaine. Je ne sais pas comment l'idée m'est venue de démonter les bougies. Il y avait dedans des petits papiers roulés et, dans les papiers, des objets durs.

— Un instant ! En descendant de ta chambre, qu'est-ce que tu comptais faire en cas de réussite ?

— Je ne sais pas.

— Tu ne comptais pas partir ?

— Non, je le jure.

— Mais peut-être cacher le magot ailleurs ?

— Oui.

— Dans la maison ?

— Non. Parce que je m'attendais à ce que vous veniez la fouiller à votre tour et que j'étais sûr que vous trouveriez. Je les aurais cachés au salon de coiffure. Puis, plus tard...

Nicolas ricana. Le patron, accoudé à son comptoir, ne bougeait pas et sa chemise faisait une tache blanche dans la pénombre.

— Quand tu as découvert le truc des bobèches...

— J'étais en train de remettre la dernière en place lorsque j'ai senti qu'il y avait quelqu'un près de moi. J'ai d'abord cru que c'était maman. J'ai éteint ma lampe électrique, car je m'éclairais avec une lampe de poche. Il y avait un homme qui se rapprochait toujours, et alors je me suis précipité vers la porte et j'ai bondi dans la rue. J'avais très peur. J'ai couru. La porte s'est refermée brutalement. J'étais en pantoufles, sans chapeau, sans cravate. Je courais toujours et j'entendais des pas derrière moi.

— Pas aussi rapide à la course que ce jeune lévrier, Nicolas ! persifla Maigret.

— Vers la Bastille, il y avait une ronde d'agents. J'ai marché non loin d'eux, sûr que l'homme n'oserait pas m'attaquer à ce moment. Je suis arrivé ainsi près de la gare de l'Est, et c'est ce qui m'a donné l'idée...

— L'idée de Chelles, oui ! Un tendre souvenir ! Ensuite ?

— Je suis resté dans la salle d'attente jusqu'à cinq heures du matin. Il y avait du monde. Or, tant qu'il y avait du monde autour de moi...

— J'ai compris.

— Seulement, je ne savais pas qui me poursuivait. Je regardais les gens les uns après les autres. Quand on a ouvert le guichet, je me suis faufilé entre deux femmes. J'ai demandé mon billet à voix basse. Plusieurs trains partaient à peu près en même temps. Je montais tantôt dans un, tantôt dans l'autre, en passant à contre-voie.

— Dis donc, Nicolas, il me semble que ce gamin-là t'a donné encore plus de mal qu'à moi !

— Tant qu'il ne savait pas pour où était mon billet, n'est-ce pas ? A Chelles, j'ai attendu que le train soit déjà en marche pour descendre.

— Pas mal ! Pas mal !

— Je me suis précipité hors de la gare. Il n'y avait personne dans les rues. Je me suis mis à nouveau à courir. Je n'entendais personne derrière moi. Je suis arrivé ici. J'ai tout de suite demandé une chambre, parce que je n'en pouvais plus et que j'avais hâte de me débarrasser de...

Il en tremblait encore en parlant.

— Ma mère ne me laisse jamais beaucoup d'argent de poche. Dans la chambre, je me suis aperçu que je n'avais plus que quinze francs et quelques jetons. Je voulais repartir, être à la maison avant que maman...

— Et Nicolas est arrivé.

— Je l'ai vu par la fenêtre, qui descendait de taxi à cinq cents mètres d'ici. J'ai compris tout de suite qu'il avait été jusqu'à Lagny, qu'il y avait pris une voiture, qu'à Chelles il avait retrouvé ma trace. Alors, je me suis enfermé à clef. Puis, quand j'ai entendu des pas dans l'escalier, j'ai tiré la commode devant la porte. J'étais sûr qu'il me tuerait.

— Sans hésiter, grogna Maigret. Seulement, voilà, il ne voulait pas se brûler devant le patron. N'est-ce pas, Nicolas ? Alors il s'est installé ici, pensant bien que tu sortirais de ta chambre à un moment donné... Ne fût-ce que pour manger.

— Je n'ai rien mangé. J'avais peur aussi qu'il prenne une échelle et qu'il entre la nuit par la fenêtre. C'est pourquoi j'ai tenu les volets fermés. Je n'osais pas dormir.

On entendait des pas dehors. C'était le chauffeur qui, l'orage passé, commençait à s'inquiéter de ses clients.

Alors Maigret frappa sa pipe à petits coups sur son talon, la bourra, la caressa avec complaisance.

— Si tu avais eu le malheur de la casser... grogna-t-il.

Puis, sans transition :

— Allons, mes enfants, en route ! Au fait, Joseph, qu'est-ce que tu vas raconter à ta mère ?

— Je ne sais pas. Ce sera terrible.

— Mais non, mais non ! Tu es descendu dans la salle à manger pour jouer au détective. Tu as vu un

190

homme qui sortait. Tu l'as suivi, tout fier de faire le policier.

Pour la première fois, Nicolas ouvrit la bouche. Ce fut pour laisser tomber avec mépris :

— Si vous croyez que je vais entrer dans la combine !

Et Maigret, imperturbable :

— Nous verrons ça tout à l'heure, n'est-ce pas, Nicolas ? En tête à tête dans mon bureau... Dites donc, chauffeur, je crois qu'on va être plutôt serrés dans votre bagnole ! On y va ?

Un peu plus tard, il soufflait à l'oreille de Joseph, blotti dans un coin de la banquette avec Mathilde :

— Je te donnerai une autre pipe, va ! Et encore plus grosse, si tu veux.

— Seulement, répliquait le gamin, ce ne sera pas la vôtre !

Juin 1945.

Achevé d'imprimer en février 1995
sur les presses de l'Imprimerie Bussière
à Saint-Amand (Cher)

— N° d'imp. 372. —
Dépôt légal : mars 1995.
Imprimé en France